RACCONTI NON SEMPRE A LIETO FINE PER UN GATTO VIZIATO E INSONNE

"La ballata dei gatti morti"

Annalinda Ricci Barbieri

Dedicato a mia nonna ADA e a tutti i miei gatti

Romeo, Kuki, Mark I, Holly, Bengie, Ed, Pupa, Suni, Pulcino, Rury, Mark II, Sordina, Axel, MiniMici, Miniminimici, Teo, Cleopatra, Grigio, Puntina, Pal, Rossino, Stortino, Jessica, Felix I, Alan, Pulcio, Birba, Fiom-Pinola, Biri, Gaia, Birbino, Larino, Oscar, Sara, Alice, Micio, Bimbabirbi, Red, Romì, Divo, Lara, Lori, Miciuzza, Pupo, Marta, Seky, Papalla, Nerino, Ciospino, Felix II, Pasticcina, Pasticcino, Silvietta, Micilla, Minimicilla, Miniminimicilla, Procione, Rosso, Fufi, Puffetta, Pilly, Pallino, Grigina, Soleluna, Manny, Sid, Mark III, Pinola, Sophie, Oskar, Agata, MartaII, Alex, Sabbia, Chiara, Dalia, Alicina, Vento, Yarno, Toso, Pucio, Serval, Midnight, Felix II, Ratatuille, Tigro, Giulietta, Cinin, Macchia, Niro, Facciatonda, Petarda, Nesio, Luna, Bobolina, Muschio, Pilù, Bimbi, Minù, Marta IV, Penelope, Cicciopera, Cicciolino, Puci, Pinola III, Mirto, Maia, Seeley, Stithc, Milo, Sibyl, Romì…

tutti i miei gatti passati, presenti e futuri.

PREMESSA

C'era una volta il Divo Chefren, il Sole che nasce

<C'era una volta un Re seduto su un sofà, che disse alla sua serva "raccontami una storia" e la serva incominciò...>

Dovete sapere che io sono nobile: sono Chefren, il Sole che nasce, il Signore assoluto di Agata.

In verità, all'inizio, quella bipede era solo la mia domestica ma, con l'andare del tempo, ho finito per amarla davvero: Agata è diventata la mia compagna, ecco!

Una compagna con cui mangio, dormo, passo le giornate oziose d'inverno e quelle animate d'estate.

Ma parliamo di me.

Sono nato Hassan Khaled Munir Nashat Wahid Chefren e cioè il Bello, l'Eterno, il Luminoso, il Giovane, l'Ineguagliato Sole che nasce: sono di stirpe Egyptian Mau, quell'aristocratica progenie che gli estimatori ritengono i discendenti diretti del gatto venerato dagli antichi egizi.

Io sono bello.

Il mio meraviglioso mantello maculato, color grigio peltro, è del tutto naturale e primitivo come la notte dei tempi, mai modificato dagli incroci dell'uomo.

I miei occhi sono grandi, a mandorla, color verde intenso, incastonati come pietre preziose in un gioiello di rara pregevolezza.

Il mio portamento è regale, elegante, agile e aggraziato come quello dei gatti orientali, sebbene sia più muscoloso e robusto. Agata dice che ho un pessimo carattere, ma non è affatto vero.

Sono amante del gioco e della compagnia e non gradisco essere lasciato solo troppo a lungo. Sono anche affettuoso e innamorato delle coccole, di cui lei è prodiga dispensatrice. D'accordo, a volte sono un po' timido e poco espansivo, soprattutto con gli estranei, ma quando siamo soli, do il meglio di me. Ho un bel miagolio melodioso con cui le canto serenate dolcissime e, a volte, sconfino in una vivacità sfrenata, per questo Agata ha scelto una casa con un bel giardino grande e con molte piante in modo che io possa correre, arrampicarmi e dar sfogo alle mie irrefrenabili energie.

Lei è consapevole del mio valore e del mio sangue blu: mi chiama solo Chefren ma, per onorarmi secondo la tradizione della mia provenienza, ha legato un ciondolo a forma di scarabeo al mio tira-graffi.

Mi tratta da sovrano, tanto che le sue piccole mancanze di ossequio, tipiche della dabbenaggine degli umani, passano assolutamente in secondo piano.

Ogni giorno mi serve al suo desco bocconi speciali e leccornie che neppure lei si permette.

Ogni sera dopo cena, avvolta nel suo pigiama di seta, si accomoda sull'ottomana del salotto, affonda nei cuscini di piume d'oca e, accompagnata da un grande bicchiere di menta e fumi d'incensi orientali, m'invita ad ascoltare il suo racconto con una filastrocca solo per me creata…

< Chefren delle terre lontane, sole che nasce, ombroso leone, bizzosa pantera, tigrotto di mamma, vuoi una storia prima di nanna? Gatto dolce, amore puro, vuoi passato o vuoi futuro?>…. Dunque, vediamo un po': "Correva l'anno…" e la storia incomincia.

I Racconto

C'era una volta 2.500.000 di anni fa …

"Quando i gatti mangiavano gli uomini"

O Dio del fuoco celeste, non so se al tempo della storia che sto per raccontarvi, gli individui che percorrevano le pianure in branchi, all'inseguimento dei grandi erbivori pelosi, potessero proprio chiamarsi uomini.

Per la verità, quando i miei avi sgranocchiavano le ossa degli Australopitechi, si tramanda che non trovassero molta differenza di sapore rispetto ai babbuini.

Io però, ero figlio dell'era moderna e non potevo assaporare Australopitechi: mi dovevo misurare con l'Homo Habilis, altrettanto saporito, ma sicuramente più complicato da catturare dei suoi predecessori, per via delle armi di cui si serviva.

Non che io abbia mai mangiato veramente qualcuno.

Sebbene fossi un dinofelis, un potente e temutissimo cacciatore, non avrei mai potuto.

La mia mamma si chiamava Reya, il mio papà Hulu ed erano curiosamente, entrambi della specie degli Homo Habilis.

Come dicevo, l'Homo aveva delle armi potenti e aveva quasi sconfitto quelli della mia razza, non tanto per la minaccia d'aggressioni che costituivamo e che ormai erano divenute rare, quanto perché, noi felini, cacciavamo gli stessi erbivori che loro mangiavano ed eravamo dunque considerati concorrenti alimentari.

La mia storia di figlio di Reya e Hulu era iniziata partendo da queste premesse: una gran siccità, un gruppo di Homo, una battuta di caccia ai dinofelis.

Ero nato in una grotta di lava antica e, unico di due cuccioli, ero sopravvissuto a quel mondo selvaggio, protetto dalla mia madre naturale per i primi tre mesi di vita.

Lei si chiamava Gora ed era una dinofelis, una grande cacciatrice per tradizione.

Le sue incursioni nella savana erano divenute leggendarie fra gli Homo che abitavano all'ombra del Grande Albero, a molti passaggi di sole dalla nostra tana.

L'estate della mia nascita era stata particolarmente calda, l'erba e gli arbusti iniziavano a scarseggiare, così come le pozze d'acqua e i grandi erbivori muovevano sempre più a nord, costringendo gli Homo a spostarsi moltissimo per trovare le prede cacciate da altri o morte naturalmente, di cui si cibavano facendole a pezzi con i loro utensili affilati.

Per questo motivo avevano deciso di non poter più tollerare che un predatore tanto potente, attingesse dai branchi dei grandi mangia-erba e avevano sferrato l'attacco a mia madre.

Sapendo che prediligeva cacciare all'alba, i "procacciatori" erano partiti presto, armati di pietre, bastoni e reti di vegetali intrecciati.

Avevano camminato silenziosi e curvi nella savana, rimanendo sempre sottovento in modo da non essere avvertiti, erano giunti non   lontani dalla grotta, si erano appostati e l'avevano aspettata, finché non l'avevano vista uscire.

L'avevano lasciata allontanare per un po', attorniandola a distanza, poi avevano stretto il cerchio, le erano piombati addosso e, forti della superiorità numerica e delle armi, l'avevano sopraffatta e uccisa.

Io avevo visto tutto, ma essendo molto piccolo, ero rimasto paralizzato dal terrore e mi ero nascosto, sperando che non si accorgessero di me e che se ne andassero velocemente.

Ma il branco degli Homo, troppo lontano dal loro covile, aveva deciso di restare per passare la notte.

All'imbrunire avevano acceso faticosamente un fuoco, avevano cenato a base di piante e insetti e si erano messi a dormire in gruppo, accanto al cadavere venerato di mia madre, sperando che durante quella veglia rituale, potessero acquisire la stessa forza e la sua capacità di scovare cibo.

Io ero rimasto sveglio a osservarli furibondo: bassi di statura e leggeri di peso, così simili alle scimmie spesso catturate dalla mamma, eppure così letali.

Pensando a lei, mi ero fatto prendere dalla disperazione, un po' per la consapevolezza che non l'avrei più avuta accanto, un po' per il pensiero di cosa avrei potuto fare, troppo giovane e inerme, in quel frangente e nell'immediato futuro per sopravvivere e anche e non ultimo per la fame crescente, che mi divorava con i suoi morsi impietosi.

Senza accorgermene dovevo essermi messo a piangere. Il mio lamento aveva svegliato uno degli Homo.

Un minuscolo bipede di un metro e venti di altezza, per trenta chili scarsi di peso, piuttosto peloso e brutto si era arrampicato fino al pertugio d'entrata della tana e vi era entrato agevolmente, con in mano un legno dalla punta infuocata.

Il mio spavento era stato tale, che mi ero fatto la pipì addosso e mi ero messo a respirare affannosamente, lasciando penzolare la lingua fra i lunghi denti da latte.

Dovevo aver avuto un'espressione davvero buffa, perché l'Homo era rimasto a guardarmi, aveva allargato la bocca e aveva emesso un suono strano, accompagnato da un movimento saltellante delle spalle: aveva riso.

Doveva anche aver capito che ero un cucciolo, perché non si era dimostrato aggressivo.

Si era allontanato brevemente ed era tornato con la sua femmina. "Guarda Reya, la Grande Cacciatrice, aveva un piccolo" le aveva detto a gesti e a suoni incredibilmente articolati.

Reya era rimasta immobile e due grosse gocce d'acqua le erano scese dai piccoli occhi scuri, su quel suo muso piatto, animale, eppur dolce.

L'uomo mi aveva afferrato delicatamente e mi aveva porto a lei. "Lo vuoi? Prendilo...! Succhierà il latte al posto del nostro piccolo e il petto non ti farà più male..."

"E' il figlio della Cacciatrice, Hulu, da grande diventerà come lei e gli altri lo vorranno uccidere..."

"Crescerà con noi, gli insegneremo a non mangiare la nostra carne e magari un giorno caccerà anche per noi..." aveva suggerito Hulu a Reya e lei mi aveva preso dalle sue mani. L'attimo in cui mi ero trovato a guardarla, stretto fra le sue braccia forti e pelose e avevo sentito i calore della sua pelle e il battito del suo cuore, era stato indimenticabile.

Quegli esseri che sembravano scimmie e comunicavano fra loro in maniera strana, con suoni tanto diversi dai nostri, erano capaci di amore.

Hulu avrebbe fatto qualsiasi cosa per lenire il dolore di Reya, che aveva perso il suo cucciolo appena nato, per colpa del grande caldo.

Così ero diventato figlio dell'Homo Habilis.

Il loro branco non mi aveva accettato da subito.

C'erano state molte resistenze per il fatto che Hulu e Reya mi volevano portare al Grande Albero, dove avevano la loro tana. Con l'andare del tempo però, tutti si erano abituati all'idea di avermi libero intorno a loro e nessuno aveva più fatto caso a me, se non per rivolgermi attenzioni affettuose.

Avevo un buon carattere, gioviale e mansueto, giocavo con gli altri cuccioli dell'Homo e anche se non parlavo come loro, ero dotato di una discreta mimica facciale e avevo imparato dei segni convenzionali con cui farmi capire, cosa che mi permetteva di essere integrato nel branco, sebbene così diverso e potenzialmente pericoloso.

Reya mi aveva cresciuto forte ed educato; attraverso il suo latte grasso e le sue attenzioni materne, mi aveva passato il senso del rispetto e dell'amore per quelle creature, che per i miei avi erano state preda ambita e succulenta, per infiniti passaggi di sole.

All'epoca della nostra storia, la difficoltà di quella vita piena di pericoli, condotta in luoghi spesso inospitali, aveva reso molto potente il sentimento del legame famigliare e della solidarietà reciproca fra gli Homo, per questo, dopo avermi adottato, mi avevano fatto sentire uno di loro.

Quando era stato il momento, mi avevano perfino "iniziato" alla condizione di adulto, come facevano con i loro giovani rampolli.

Pur non essendo grandi cacciatori, avevano delle squadre di ricerca che si occupavano di setacciare il territorio, per trovare carcasse di animali morti, ancora in condizioni decenti da poter utilizzare come sostentamento per il branco.

L'estate successiva alla mia adozione, essendo molto cresciuto fisicamente, Hulu aveva stabilito che potessi ricevere dal Saggio del branco, l'investitura di cacciatore, che mi avrebbe permesso di dare il mio contributo ai bisogni alimentari del gruppo.

Il Saggio del branco aveva compiuto il rito, mi aveva segnato la fronte con la terra rossa, simbolo dei "procacciatori" ed ero finalmente partito con gli altri, per la mia prima spedizione di sopravvivenza.

Avevamo camminato nella savana per tre passaggi di sole e io avevo cercato naso a terra come loro, gli eventuali animali morti, abbandonati, ma all'alba del quarto passaggio di sole, la natura aveva preso il sopravvento.

Il nostro misero bottino non aveva procurato cibo abbastanza neppure per sfamare il gruppo dei procacciatori lungo il viaggio, per questo i crampi della fame mi avevano spinto ad aggirarmi solitario nei dintorni, aspettando il loro risveglio. Non essendomi accorto di camminare sottovento, mi ero imbattuto in un enorme bufalo ignaro della mia presenza e spinto da un desiderio misterioso e atavico, lo avevo aggredito. La lotta era stata dura, ma alla fine ero riuscito a piantargli nella gola i miei lunghi denti affilati e lo avevo abbattuto.

Una volta che lo avevo avuto ai miei piedi, sempre guidato da un istinto misterioso, mi ero cibato dei suoi testicoli, poi lo avevo sventrato mangiando anche le sue interiora.

A quel punto avevo pensato ai miei cari.

Senza accorgermi di essere ricoperto del sangue dell'animale macellato, ero tornato al campo e avevo svegliato Hulu che, sebbene di primo acchito fosse rimasto impietrito di terrore, nel vedermi in quello stato, sentendo le mie potenti fusa aveva capito.

Aveva chiamato tutti e insieme avevamo riportato al branco quella immensa quantità di carne fresca e succulenta, che ci aveva permesso di mangiare per molti passaggi di sole.

Da quella volta, io ero stato eletto capo dei procacciatori e avevo guidato le spedizioni, insegnando all'Homo a cacciare e nessuno del mio branco aveva più sofferto la fame.

Questa è la mia storia di dinofelis figlio di Hulu e Reya, al tempo in cui i gatti mangiavano gli uomini.

Il Racconto

C'era una volta nell'anno 334 a.C....

"Il gatto di Ada"

Alessandro non aveva mai visto un gatto, ma una volta aveva visto un leone portato a Pella in dono a suo padre Filippo, da un infido ambasciatore persiano, a guisa d'ingannevole gesto di pace.

Alessandro non aveva mai conosciuto neppure una donna come Ada, in verità, ma incominciamo dal principio.

Correva l'anno 334, quando un giorno le sentinelle della città fortezza di Alinda, avevano annunciato all'orizzonte l'intravedersi dell'esercito macedone.

Ada aveva saputo qualche settimana prima dai resoconti dei suoi emissari, del sopraggiungere in Caria dei Greci e aveva pensato a lungo al da farsi, nel momento in cui fossero stati prossimi al suo regno.

Quel giorno, allo squillar delle trombe che annunciavano il fato compiuto, aveva ordinato di aprire gli altissimi portali di legno e ferro, accesso principale alla fortezza, per dar asilo a mercanti e pastori, costantemente accampati sulle pendici della rocca.

Al passaggio dell'ultimo essere vivente, aveva fatto richiudere le porte, per permettere ai Macedoni di ammirare di lontano, attraverso il grandioso ingresso sbarrato e le monumentali mura di pietra del perimetro, la forza e l'inespugnabilità di Alinda.

"Caro Kedi, che quel giovane sfrontato e i suoi uomini, possano assaporare quale fatica e umiliazione risparmieremo loro, a non dover tentare di impadronirsi di Alinda…"

Mi aveva sussurrato altera, intenta a predisporre con le sue mani d'anziana reggente, un succulento vassoio di dolci tipici della regione.

Io avevo annuito, scodinzolando nervoso, al pensiero che quei selvaggi venuti dal nord, potessero mettere le loro sudice mani sulle nostre cose preziose e profumate o, peggio, sulla mia Regina.

Avevamo atteso.

I Macedoni se l'erano presa comoda.

Avevano marciato a passo lento per tutto il giorno, si erano accampati poco distanti dalle pendici dell'altura su cui sorgeva la nostra antica città e avevano piantato le tende, senza accennar a voler avere contatti e men che meno a dimostrarsi ostili.

Nessuno di noi aveva dormito quella notte.

I capi dell'esercito di Alinda, i dignitari di corte, i ministri, i saggi della città, i sacerdoti e gli indovini, nonché io, nobile gatto della Regina, tutti ci eravamo riuniti in assise insieme a Ada, per decidere l'approccio all'invasore temporeggiante.

Gli informatori convocati per sapere le nuove sui Macedoni, avevano parlato uno dopo l'altro.

In coda alle spie, era intervenuto Andash, un emissario di grande abilità, che era riuscito a farsi passar per aruspice errante e a farsi introdurre al cospetto di Alessandro: "E' biondo e molto piccolo di statura, ha occhi grandi dallo sguardo vivace, sembra un bambino in tutto per tutto."

Aveva detto e aveva aggiunto: "E' gentile, cordiale, si sofferma a parlare con chiunque, anche se sono soldati semplici o divinatori viandanti, come mi sono presentato io e si ricorda i nomi di tutti, anche se li ha sentiti una volta sola.

Non ha l'aria di un Sovrano.

La sua tenda è povera, priva di agi e di servitori.

I suoi attendenti non sono schiavi o almeno, non li tratta da tali.

È incredibile il suo anonimato e non sembra certo particolarmente pericoloso, eppure Dario e tutti i suoi satrapi lo temono e si narra che abbia già sconfitto l'esercito del Grande Re.

Dopo Andash erano intervenuti gli altri: avevano raccontato delle armi dei Macedoni, delle loro presunte strategie, snocciolato uomo per uomo, la fama dei suoi comandanti, dibattuto della sua cavalleria tessala, del favore accordato dagli Dei ad Alessandro, accertato senza tema di smentita e perfino dei pasti energetici che si narrava venissero consumati dai Greci prima della battaglia e della loro scaramanzia.

Ada aveva ascoltato ognuno in silenzio poi, più da vecchia madre che da Regina, aveva decretato: "Dunque abbiamo un giovane Re accompagnato da altrettanti giovani generali, consigliati da vecchie volpi dell'esercito di Filippo e uomini esperti equipaggiati di armi modernissime e letali, come queste sarisse e le torri mobili di cui avete parlato.

Guardiamoci miei Consiglieri: siamo solo dei vecchi, ormai!

Il nostro mondo è vecchio! La nostra gente vive in pace da troppo tempo. Non abbiamo la forza per contrastare un esercito temuto dal Grande Re.

Domattina apriremo le porte di Alinda e scenderemo ad accogliere i Macedoni come degli ospiti graditi e speriamo che gli Dei ce la mandino buona.

Se saranno vere le cose dette e predette, non alzeranno le armi contro la città!".

Resa nota la sua volontà, mi aveva preso in braccio, si era alzata e aveva congedato i suoi consiglieri.

Eravamo saliti nelle sue stanze, lei si era adagiata vestita sul letto e io le ero salito sul petto con le zampe anteriori e avevo iniziato a pigiare le sue ricche vesti, facendo alte fusa d'amore. Eravamo rimasti così a coccolarci e Ada mi aveva confessato tutte le sue paure e le sue aspettative per quel giorno successivo, che temeva le avrebbe cambiato tragicamente la vita.

"Se sarò fatta schiava, scappa Kedi, non lasciare che ti acchiappino come bottino di guerra.

Potrebbero venderti o magari ucciderti per farsi un borsello con la tua pelliccia candida o addirittura per mangiarti.

Non sappiamo quali siano le loro abitudini di selvaggi venuti dal mare."

Io l'avevo baciata come solo i gatti sanno fare.

Erano state le ore più lunghe di sempre, poi finalmente era arrivata l'aurora.

Ada si era alzata.

Aiutata dalle sue ancelle, si era lavata, profumata, vestita delle sue vesti regali, infine ormai pronta, le aveva congedate una per una, affettuosamente e con un po' di malinconia, come se fosse stata l'ultima volta.

Mi aveva preso in braccio e insieme ci eravamo incontrati nel salone del palazzo reale con gli alti dignitari, poi tutto il corteo si era avviato verso le porte della città.

Ada, in testa al gruppo, aveva affrontato la discesa con passo cadenzato e portamento altero e, ai piedi di essa, come se le avesse letto nella mente, aveva trovato Alessandro con il suo stato maggiore ad attenderla. Quando eravamo stati separati dai Greci solo da pochi metri, il giovane condottiero, vestito della sua scintillante panoplia, si era tolto l'elmo sovrastato di cimieri, si era inginocchiato di fronte a Ada e aveva esordito, parlando la nostra lingua con il suo strano accento straniero: "Grande Regina, potente Signora di Alinda, io sono Alessandro, Re dei Macedoni e questi sono i miei Pari, i coraggiosi e nobili comandanti di tutto l'esercito greco, esclusi gli Spartani.

Noi porgiamo a te e al tuo venerabile seguito i nostri ossequi e desideriamo che tu sappia, che veniamo in pace e che vorremmo accamparci per qualche giorno ai piedi della tua splendida fortezza, per riposarci e per poter fare acquisti di generi alimentari presso i vostri mercanti."

Ada era rimasta stupefatta dal gesto e ancor di più dal fatto che quell'uomo evidentemente potente, le chiedeva il permesso per qualcosa. Prendendo coraggio, mi aveva fatto scendere, si era schiarita la voce e si era avvicinata al giovane.

Lo aveva afferrato per un braccio, come se ci fosse stata intimità filiale fra loro, lo aveva invitato ad alzarsi e a seguirla in disparte.

Io mi ero mosso con loro e l'avevo scortata da vicino, per accertarmi che l'uomo vestito di ferro lucido non le facesse del male.

"Ragazzo mio, potete fermarvi quanto volete, ma è d'obbligo che finché sarete ospiti dei territori di Alinda, tu e i tuoi generali, siate invitati alla mia corte ogni sera a rifocillarvi. Potresti essere mio figlio, hai fatto un lungo viaggio, mi sembri magro e stanco e mangiare qualche pasto decente non ti farà certo male." Gli aveva suggerito in maniera familiare, poi aveva schioccato le dita.

Subito era accorso un servo che si era inginocchiato di fronte a loro, porgendo il piatto di dolci che, la sera prima, Ada aveva preparato con le sue mani, appositamente per il giovane Re straniero.

Il ragazzo con l'armatura era scoppiato a ridere, scoprendo i suoi denti scintillanti: aveva accettato di buon grado un biscotto e anche l'invito a cena, comunicandole che si sarebbero rivisti presto, la sera stessa, al cospetto dei suoi generali, per parlare del futuro della città.

Ada era divenuta seria di colpo e il suo viso anziano, aveva assunto un pallore terreo.

Io avevo capito dall'espressione della mia Regina che qualcosa non andava.

Forte del mio poderoso fisico, mi ero posto in mezzo a loro, con le orecchie abbassate all'indietro, gonfiando la coda e soffiando contro il Macedone con tutte le mie forze.

Lui aveva abbassato lo sguardo e si era accorto di me per la prima volta da quando eravamo arrivati.

"Che animale è?" Aveva chiesto a Ada, con curiosità e poco timore.

"Un gatto... un gatto discendente dall'antica stirpe di Van... è della famiglia dei leoni..." Aveva risposto lei esangue.

"Una volta ho visto un leone, era molto più grande, ma aveva la stessa espressione, lo stesso orgoglio, sebbene chiuso in gabbia..." aveva ricordato Alessandro quasi a sé stesso. "Questa piccola belva ha un occhio azzurro e uno marrone. Non è un essere come gli altri: è forse di origine divina?

E dimmi, capisce le mie parole? Ti sta dunque difendendo, o Regina?"

"E' un essere speciale, solo perché mi ama e non vorrebbe vedere la sua Signora finire in catene."

Alessandro aveva compreso l'angoscia della regale donna. L'aveva guardata negli occhi in maniera dolce e rassicurante, poi si era rivolto ai suoi uomini e ad alta voce aveva dichiarato: "Compagni! Alinda attraverso la sua Regina Ada, ci offre ospitalità e assistenza.

Questo ne fa una buona alleata e le accorda la nostra protezione. La fortezza è libera e la sua Signora è Reggente di mia fiducia, a cui va tributato rispetto e riconoscenza.

Tutto quello che ci servirà e che ci potrà essere venduto dai commercianti della città, sarà pagato; dentro le sue mura non ci si ubriacherà e non ci saranno eccessi da parte nostra; infine, le donne di Alinda, dalla prima delle principesse, all'ultima delle sguattere dovranno essere considerate come nostre madri, sorelle, mogli e compagne, sono stato chiaro?"

I suoi uomini avevano assentito e Ada aveva tirato un sospiro di sollievo. Alessandro si era chinato davanti a me e le aveva chiesto: "Posso toccarlo ora?"

Ada mi aveva sollevato e mi aveva porto a lui: "Vi somigliate molto così giovani, coraggiosi e fieri entrambi…"

Il ragazzo mi aveva preso in braccio e aveva accarezzato il mio pelo morbido e candido, con la stessa meraviglia di un fanciullo stampata sul viso: "E' un animale bello e intelligente, quasi come il mio cavallo! Vorrei farti conoscere il mio Bucefalo, nei prossimi giorni."

Ada aveva sorriso materna a quel giovane uomo così adulto fuori così bambino dentro.

Alessandro era rimasto per un po' ad Alinda e aveva passato molto tempo con Ada, che lo aveva rimpinzato di cibo e di attenzioni affettuose.

Lei ormai anziana e senza eredi, l'aveva adottato ufficialmente, garantendo ad Alinda la libertà, attraverso la miglior successione possibile e accordando a sé stessa di conoscere, prima di morire, la sensazione unica dell'avere un figlio premuroso e amorevole al suo fianco.

Io avevo vegliato su Ada come sempre.

Non più sospettoso, ero diventato amico di quel ragazzo che non aveva mai visto un gatto: alla sua partenza avevo raccolto le lacrime della mia padrona, consapevole come la vera madre di Alessandro, che non l'avrebbe riabbracciato mai più.

Lui, il Futuro, giovane impetuoso e gagliardo, proveniente dalla Macedonia, aveva lasciato un segno indelebile nell'animo di Ada, Passato immoto e saldo dell'Anatolia.

Io avevo vissuto per il tempo di vita rimasto a Ada e quando lei era morta, mi ero consumato di dolore sulla sua tomba, seguendola d'appresso nel mondo degli inferi.

E questa è la mia storia.

III Racconto

C'era una volta nell'anno 0...

"In una notte speciale, era stato presente anche un

gatto straniero..."

Quando la donna vestita di stracci azzurri era entrata barcollando, sostenuta da un uomo altrettanto cencioso, mi ero nascosto velocemente sotto il mucchio di fieno ammassato in un angolo della stalla.

Ella aveva girato intorno gli occhi lucidi per il dolore, aveva cercato un punto dove accasciarsi, lo aveva indicato con un dito tremante e lo aveva raggiunto faticosamente, prostrata per le doglie del parto.

L'uomo l'aveva accompagnata, dove lei aveva scelto e le aveva preparato alla meglio una povera cuccia, approntando un pagliericcio di erba secca, coperto da un telo ruvido, troppo corto da qualsiasi lato lo si tirasse e sulla cui pulizia non avrei giurato.

Ero rimasto in silenzio nel mio angolino nascosto e l'avevo vista crollare sopra il paglione, in ginocchio, respirando affannosamente ed emettendo lugubri lamenti, diversi e uguali a quelli che molte volte avevo sentito uscire dalla bocca delle femmine della mia specie, in procinto di dare alla luce i loro figli.

L'uomo si era affannato intorno a lei, facendo poggiare gli animali presenti, un asino spelacchiato e un bue vecchio come la notte dei tempi, in modo che non fossero d'intralcio alla sua femmina sgravante.

Sistemato il posto, aveva acceso un fuoco all'esterno del ricovero, aveva procurato acqua con un vecchio paiolo consunto, mettendola a scaldare sul focolare e degli stracci per il parto.

Yòseph, questo il suo nome, si era affaccendato avanti e indietro, agitato e madido di sudore nonostante il freddo pungente della notte invernale di Bayt Lahem.

Di tanto in tanto, nel suo andirivieni sconclusionato, avevo sentito uscire dalla sua bocca dei suoni foneticamente simili ai lamenti della femmina, che però non mi erano parsi dolorosamente dolci come quelli di lei, bensì tormentosamente irati, come se la sua concitazione, fosse cagionata dalla sollecitudine e, contemporaneamente, da qualche pensiero funesto.

Dico ciò, perché capivo abbastanza bene la sua lingua: ero egiziano, ma ero stato portato a Bayt Lahem molto tempo prima da un ricco mercante di vasi, che mi aveva venduto per una discreta quantità di sesterzi, a Marco Valerio Druso, romano di nobile stirpe, emissario imperiale, mandato da Augusto a indagare su alcuni fenomeni mistici inquietanti, di cui correva voce verificarsi in queste zone.

Marco aveva ventisette anni e in gioventù era stato a farsi le ossa in Egitto, al seguito del Governatore di quella provincia, poi era stato richiamato a Roma per svolgere compiti amministrativi nel governo della città.

Ad Alessandria aveva lasciato il cuore e quando gli avevano offerto un gatto di provenienza dell'alto Nilo, si era ricordato di quello che abitava nella casa della sua splendida amante Tye e aveva voluto tornare metaforicamente indietro, possedendone egli stesso uno simile.

Senza troppa fantasia, mi aveva chiamato Mau e insignito del titolo di suo accompagnatore ufficiale nella missione, di ascoltatore privilegiato dei suoi discorsi, di osservatore impudico delle sue rare notti d'amore e, di tanto in tanto, concedendomi di uscire, aveva fatto di me il suo informatore sul territorio.

Ecco perché quella notte particolare, mi ero trovato nel rifugio di Mry-iam e Yòseph.

Ma torniamo alla cronaca.

Mry-iam e Yòseph erano rimasti da soli per la prima parte della sera, con lei intenta a sopravvivere a lancinanti fitte mai provate, lui a ripeterle di resistere, di farsi coraggio e a continuare il suo correre inane e forsennato fra il dentro e il fuori, senza sapere cosa fare, senza sapere cosa pensare.

Nei momenti in cui entrambi erano dentro, fra una doglia e l'altra, li avevo sentiti quasi altercare su una questione che mi era parsa un po' più che di principio e cioè, su chi fosse il padre del bambino.

Yòseph accusava Mry-iam di averlo tradito e di soffrire tanto per quel motivo e Mry-iam insisteva a dire che un dio era giunto a lei nel dormiveglia e le aveva donato la creatura che tanto indugiava a nascere.

Yòseph scuoteva il capo e la implorava di dirgli la verità, che l'avrebbe amata lo stesso e avrebbe cresciuto quel figlio come suo, Mry-iam gli restituiva la sua verità e lo implorava di aprire gli occhi e di vedere un'alba difficilmente immaginabile nella notte della mente troppo umana di quell'uomo semplice e apparentemente ingannato.

Al riprendere dei dolori, lei piangeva, lui trottava e imprecava, in una sarabanda di gemiti, lamenti, tramestii, degni di una tragedia greca.

A metà della notte era arrivata una levatrice accompagnata da altre donne che avevano allontanato Yòseph e la sua incontenibile agitazione, per affaccendarsi produttivamente da sole intorno a Mry-iam.

Avevano cercato di darle coraggio, l'avevano esortata a respirare, partecipando con lei, ripetendole "dentrooo", "fuoriii", "dentrooo", "fuoriii", cadenzando le parole come fanno i pescatori per darsi ritmo e forza, quando devono tirare in superficie una rete greve.

Ella aveva seguito docilmente le istruzioni e finalmente, dopo ore di travaglio, aveva cacciato il più potente urlo che avessi mai udito e si era liberata del suo fardello.

Una volta reciso il cordone ombelicale, le avevano mostrato il bambino ed ella, dalla posizione inginocchiata che aveva tenuto saldamente per tutto il tempo del parto, era finalmente crollata a terra, socchiudendo gli occhi e godendosi il meritato riposo. Le donne, intanto, avevano lavato e avvolto l'infante in una coperta calda, poi avevano spalancato le porte della stalla per permettere a Yòseph di entrare.

Lo spettacolo che si era presentato a loro e ai miei occhi era stato impressionante.

Yòseph era apparso sulla soglia, contornato da persone di ogni ceto sociale ed età che erano accorse seguendo un richiamo soprannaturale e come ipnotizzate, erano rimaste immobili e silenti aspettando di vedere il nascituro.

La donna più anziana, senza sapere il perché di quella folla, aveva alzato il bimbo come fanno le levatrici dei Faraoni in Egitto o degli Imperatori a Roma, per mostrare al popolo la prole regale e immediatamente si erano sollevate grida di osanna e laude, da far invidia al figlio di qualche Dio.

Yòseph in quel momento aveva capito e si era gettato in ginocchio accanto alla culla improvvisata di rami e paglia, mentre Mry-iam miracolosamente in forze, si era alzata e sistemata a fianco della sua creatura.

Io che ero rimasto nascosto per tutto il tempo, avevo sentito un irrefrenabile desiderio di avvicinarmi a quella famiglia prodigiosa.

Ero uscito dal mio nascondiglio e mi ero diretto verso la culla: uno degli uomini che si trovavano sulla soglia, si era mosso brandendo in mano il suo bastone da pastore per scacciarmi, ma Mry-iam lo aveva fermato, sollevando dolcemente una mano.

< Lascialo!> Aveva decretato sicura.

Aveva allungato le dita verso di me e mi aveva regalato una carezza sulla testa, poi aveva alzato gli occhi e cercato fra le teste assiepate al limitare della stalla.

Si era soffermata con lo sguardo su un uomo, gli aveva sorriso e gli aveva fatto cenno di avvicinarsi.

Tutti si erano girati verso il fortunato che aveva ricevuto l'attenzione della Madre di Dio e io stesso mi ero rivolto a lui. Marco Valerio Druso, vestito come un povero pastore, si era mosso con una certa preoccupazione.

La gente gli aveva fatto spazio ed egli era giunto di fronte alla culla.

Mry-iam gli aveva preso un polso e lo aveva costretto con la sua dolcezza impalpabile a genuflettersi di fronte a lei.

< Il tuo gatto è adorabile, nobile romano…>

Gli aveva sussurrato, poi aveva allungato una mano, gli aveva scostato il mantello cencioso e aveva sfiorato il suo corsetto in cuoio e metallo da ufficiale imperiale.

Marco era rimasto suggestionato come il resto del popolo convenuto. Si era inchinato a lei, mi aveva preso in braccio e si era accomiatato, indietreggiando senza mai staccare gli occhi dalla donna e dal suo bambino.

Il giorno dopo aveva fatto uno sbrigativo rapporto all'Imperatore Tito e gli aveva chiesto di poter tornare a Roma a conferire personalmente.

Non so cosa si fossero detti in quell'ultimo colloquio ma, Marco Druso doveva essere stato un uomo d'onore, perché era uscito dalla stanza delle udienze con un grande sorriso e aveva iniziato a spogliarsi dei paramenti militari prima di lasciare il palazzo.

Al suo arrivo a casa, aveva fatto i bagagli, predisposto la vendita dei suoi beni a Roma, affrancato i suoi schiavi e si era assicurato un viaggio di sola andata in Egitto, dove avevamo vissuto di rendita fino alla nostra morte.

IV Racconto

C'era una volta nell'anno 1088...

"Il gatto rosso fuoco e Matilde sulla tavola, con un giglio in mano"

Matilde mi chiamava "Cosmo-mio-incantato-Cosmo".

Io la raggiungevo ogni sera sul terrazzo della sua stanza privata, cantavo per lei, ma soprattutto l'ascoltavo come nessun uomo era capace di fare.

Aveva quarantatré anni ed era una donna davvero affascinante. La nostra prima volta era stata indimenticabile.

Provenivo dalle stalle del Gran Ducato, dove ero ben accetto per via della mia attività di acchiappa-topi.

I palafrenieri lasciavano che mi aggirassi indisturbato per le scuderie, perché i ratti, grossi poco meno di me, numerosissimi e sfrontati, rosicchiavano le unghie e le belle code dei destrieri di corte e io mi davo da fare per metterli in fuga o per catturarli. In pratica ero uno dei tanti sottoposti, che lavoravano per Matilde, Signora di Canossa.

Che gran regno era: io lo sapevo bene!

Di tanto in tanto, assecondando la mia natura di simpatica canaglia, sortivo dai luoghi di mia pertinenza ed estendevo il mio percorso di ronda dalle parti del Palazzo, cercando furtivo un accesso alle cucine, per procurarmi qualche pasto migliore e più comodo di quello troppo incline alla fuga dei topi delle stalle.

Questa digressione gastronomica avveniva soprattutto all'imbrunire, quando ero più sicuro di trovare gli scarti opulenti dei frequenti banchetti di corte e di non imbattermi nella servitù affaccendata ed era stato in una di queste occasioni che avevo visto per la prima volta Matilde, appoggiata alla balaustra della terrazza, al piano superiore del palazzo.

In verità la prima cosa che mi aveva attratto di lei, era stato un laccio del vestito penzolante dal balcone.

Come tutti i gatti, avevo seguito il mio istinto e non avevo resistito al movimento lento della guarnizione slacciata, per cui, lavorando di fantasia e di agilità, mi ero lanciato su per il roseto rampicante, immaginando di cacciare un serpentello, fino a giungerle a tiro.

Una volta nei suoi pressi, però mi ero fermato: non mi ero sentito di sferrare l'attacco giocoso, sbrindellandole la veste, perché l'avevo udita piangere.

Potrete pensare che, benché si fosse accorta del mio arrivo, essendo solo un gatto, un essere umile e insignificante, non mi avesse degnato della sua attenzione; invece, al mio sopraggiungere si era voltata e aveva teso una mano affusolata verso di me.

Io che non avevo mai avuto occasione di essere troppo intimo con un essere umano, avevo sentito a fil di vibrisse, il desiderio carnale, di farmi toccare da quella donna dal fascino celestiale.

Certo non sapevo chi fosse.

Potevo intuire dai suoi vestiti e dai grandi anelli che portava alle dita, che appartenesse alla nobile stirpe del casato, ma non potevo immaginare di trovarmi al cospetto della donna più potente del suo tempo.

Per questo la nostra amicizia era stata vera fin dal principio.

Da quella sera, ero sempre tornato da Matilde.

Le tenevo compagnia nelle sue notti solitarie e accompagnavo i suoi giorni pieni pensieri nefasti, con un alito di leggerezza in cui trovar rifugio.

Ma torniamo un attimo indietro.

Nel periodo di cui narro, Matilde, sempre forte e determinata, temeva per il futuro e si trovava in una situazione che aborriva e cioè a essere costretta a far qualcosa di cui non aveva nessuna voglia.

L'Imperatore Enrico IV si preparava a discendere nuovamente in Italia e Matilde, essendo già stata da lui deposta e bandita dall'impero circa sette anni prima, si preparava al peggio. Controvoglia aveva deciso di contrarre un matrimonio politico, con il Duca bambino Welf V, di ventiquattro anni più giovane di lei, nonché erede della corona ducale di Baviera.

In questa circostanza nefasta, ero entrato a far parte della sua vita.

Preoccupata e indispettita, mi aspettava nelle dolci sere di primavera al verone, come un'innamorata adolescente.

Io salivo per il roseto e la baciavo strusciandomi al suo naso. Non importava che puzzassi di sterco di cavallo o che fossi impolverato, lei mi prendeva in braccio e si sedeva su uno scanno posto in terrazza e, godendosi il chiaro di luna e il rugghio del silenzio della notte, mi cullava come un bambino. "Cosmo-mio-incantato-Cosmo, rosso di fuoco, bollente d'ardore, cosa devo fare?" Mi chiedeva come se io potessi davvero risponderle.

E io, dolorosamente impotente per non esser in grado di replicare in una lingua comune, ma soprattutto per non disporre dei mezzi per portarla via e per poterle strappare dal petto l'affanno dell'incertezza, facevo l'unica cosa che mi era concessa dalla mia natura di gatto e cioè le dimostravo amore prezioso e incondizionato.

Nonostante lasua recalcitrante perplessità, unita alla consapevolezza di non avere scelta, alla fine le nozze erano state predisposte.

Con un sentimento di afflizione nel cuore, dettato dai morsi strazianti del suo orgoglio furente, aveva scritto al suo futuro marito una breve lettera furba e mendace nei sentimenti, quanto fredda e diretta nella politica, che diceva pressappoco così: «Non per leggerezza femminile o per temerarietà, ma per il bene di tutto il mio regno, t'invio questa lettera, accogliendo la quale tu accogli me e tutto il governo della Longobardia.

Ti darò tante città, tanti castelli, tanti nobili palazzi, oro e argento a dismisura e soprattutto tu avrai un nome famoso, se ti renderai a me caro.

E non segnarmi per l'audacia, perché per prima t'assalgo col discorso.

È lecito sia al sesso maschile che a quello femminile aspirare a una legittima unione e non fa differenza se sia l'uomo o la donna a toccare la prima linea dell'amore, solo che raggiunga un matrimonio indissolubile. Addio.»

Matilde l'aveva riletta a sé stessa e a me, per un numero infinito di volte, indugiando sulla consegna della stessa a un messaggero, come se il temporeggiare nell'invio, le facesse guadagnare altri istanti di vita.

Ma all'arrivo di ulteriori nefaste notizie, sull'appropinquarsi di Enrico IV, finalmente si era decisa.

"Allora lo faccio Cosmo…" mi aveva chiesto per un'ultima volta, sperando che le urlassi "No Matilde! Non farlo!".

Mi aveva sorriso malinconica e mi aveva letto nel pensiero: "Ah!

Cosmo, se potessi diventare gatta, scapperei con te.

Vivremmo nelle stalle, ci rotoleremmo nel fieno odoroso, caccceremmo passeri e fringuelli, faremmo l'amore al chiaro di luna, cantando a squarcia gola la nostra passione e, alla fine della giornata, ci addormenteremmo acciambellati in un angolo caldo e sicuro, presso qualche focolare plebeo…

che bella esistenza sarebbe la nostra!"

"Io ti amo, Matilde…" Le avevo miagolato, usando un verso a lei foneticamente comprensibile.

"Anche io ti amo, Cosmo. Prometti che all'arrivo di quel Duca bamboccio, non smetterai di venire da me…" Così c'eravamo giurati eterno amore e lei aveva spedito la lettera.

Aveva anche mandato migliaia di guardie armate al confine della Longobardia, a prendere il futuro sposo bambino, un po' per proteggerlo, un po' per dargli una dimostrazione di forza che non avrebbe dovuto dimenticare.

Da protocollo, aveva accolto Welf V, con grandissimi onori; aveva organizzato una festa nuziale degna di un Imperatore Romano, facendo durare le celebrazioni per 120 giorni consecutivi, con il dispiegamento di un apparato di fronte al quale, sarebbe impallidito qualunque sovrano medioevale. Dopo il solenne e sontuoso matrimonio però, Matilde era tornata subito sul balcone dei nostri incontri.

"Perché sei qui?" Le avevo chiesto e, dato che chiunque lo avrebbe fatto, in quella circostanza, alla prima notte di nozze, lei mi aveva risposto: "O Cosmo, quando incontri una gatta per la prima volta e lei ti sventola la coda in faccia, tu cosa fai?" "Non ci sono parole che possa usare di fronte a te, mia amata… il mio rispetto per te, impone che ti lasci solo immaginare…"

"Ecco! Quel pargolo idiota del Duca di Baviera, se l'è data a gambe, Cosmo… Sono dunque tanto vecchia? Sono così brutta? Faccio tanta paura?"

"Mia Signora, sei la luce del sole, l'immensità dell'universo, il mistero della natura.

Per te fioriscono le piante in primavera e cantano i cori degli angeli, assunti in cielo…" Le avevo risposto, sapendo che avrebbe compreso il senso delle mie parole, dalla modulazione del mio miagolio. Era rimasta con me e così anche la sera successiva.

La terza notte di nozze, Matilde la potente, la spregiudicata, la femmina, si era presentata a Welf completamente nuda e con un giglio in mano, languidamente adagiata su una tavola, come se fosse una succulenta pietanza degli Dei.

Non avevo resistito e avevo osservato la scena dal verone. "Tutto è davanti a te e non v'è luogo dove si possa celare maleficio…" aveva cercato di convincerlo.

Alle indecenti proposte dell'intraprendente Signora Moglie, il Duca si era ritratto come se si trovasse al cospetto del diavolo, sudando copiosamente di terrore e balbettando come un interdetto.

Matilde ce l'aveva messa tutta.

Alla fine, preso atto del fatto che la stava davvero respingendo e non essendo persona avvezza a essere trattata a quel modo, neppure dagli uomini più potenti del mondo, offesa e sdegnata, lo aveva assalito ferocemente.

Si era gettata addosso un lenzuolo a guisa di toga romana, gli si era fatta incontro minacciosa e aveva iniziato a colpirlo a schiaffi e pugni.

Lui si era appallottolato su sé stesso, in un angolo della stanza, come u
verme stuzzicato con un bastoncino da un bambino dispettoso.

Lei alfine aveva chetato la sua ira funesta.

Lo aveva osservato per un attimo, poi disgustata dalla su
pusillanimità, gli aveva sputato addosso e lo aveva caccia
dicendogli: "Vattene di qua, mostro, non inquinare il regno nostr
più vile sei di un verme, più vile di un'alga marcia, se domani
mostrerai, d'una mala morte morirai…"

Il giovane Duca era fuggito dalla stanza, senza voltarsi e l'indoma
stesso, si era dileguato dal regno di Canossa. Quando il giorno successi
avevo incontrato Matilde, l'avevo trovata sollevata e contenta, per nu
scossa dai fatti tragi-comici della sera precedente.

"Guelfo l'impotente se n'è andato, Cosmo-mio-incantato-Cosm
gioisci con me del pericolo scampato… molto meglio sarebbe sta
avere dei figli gatti da te, che dei figli larve, che assomigliassero a qu
babbeo di un Duca di Baviera…"

Da quella volta Matilde non aveva più cercato altri matrimo
d'interesse per proteggere il suo regno da Enrico IV, ma aveva fat
quello che era più capace di fare: con l'astuzia, l'abilità strategica e
forza militare, aveva dato la scalata al potere e non solo e
sopravvissuta al temuto Imperatore germanico, ma lo aveva fatto
Regina d'Italia e Vicaria Papale.

V Racconto

C'era una volta nell'anno 1500…

"Il gatto, la Spagnola e la cassapanca"

Correva l'anno 1500, era estate e i giardini floridi e danzanti erano quelli di Dolores Florencia Pardo, Marchesa di Villa Pilàr. So che tutti questi altisonanti nomi spagnoli potrebbero farvi pensare a chissà quale terra incantata, in realtà eravamo solo nei dintorni di Roma e Villa Pilàr, dietro le sue vestigia di residenza nobile, era fondamentalmente un nobile bordello.

La Marchesa era una bella mora spagnola, tutta tripudio di curve e boccoli ribelli, inguainata in corsetti che le strizzavano la vita, come strizzavano la vista dei Signori che partecipavano ai banchetti fastosi ch'ella organizzava, sovvenzionata dai facoltosi e numerosi amanti che affatturava con la sua scia di profumo dolce, misto a umori corporali non altrettanto esaltanti e di piume leggere ed evanescenti, come la sua anima allegra e il suo cervello veloce.

Ella amava gli uomini, ma non come si potrebbe pensare, per voluttà e lussuria: li amava allo stesso modo in cui un cavaliere ama il suo falco addestrato alla caccia al coniglio o alla pernice o il suo veltro da battuta alla volpe e cioè, in qualità di ausiliari, alla sua perenne ricerca del potere e dell'agio.

Ella stessa, d'altronde, era divenuta un simbolo di potere: tutti sapevano che era una puttana, ma entrare nelle sue grazie significava essere qualcuno.

Dolores si concedeva infatti solo a chi coniugava la nobiltà alla ricchezza e a me per nulla, ch'ero il suo unico, vero, profondo, grande amore: il suo gatto.

Ero arrivato dalla lontana terra del Siam, rarissimo esemplare per quei tempi, dono d'eccezione di un alto prelato della Santa Romana Chiesa, molto appagato di sesso e altrettanto saturo di sensi di colpa.

Io Raja Bar, mi ero accompagnato nel viaggio a una cassapanca piena di stoffe preziose e profumate spezie, per la bellezza e il gusto di madonna Dolores Florencia Pardo, gran soddisfacente delle corti tutte, laiche ed ecclesiastiche, senza eccezion fatta. Dolores non aveva avuto dubbi dal primo momento che m'aveva visto: lisciando il mio pelo setoso, osservando i miei occhi color dell'infinito celeste, aveva sentito nel cuore che fossi l'unico essere vivente della sua esistenza, degno di una passione sicura e travolgente.

Così aveva deciso di rinchiudermi nelle sue stanze private, dove nessuno dei suoi amanti poteva entrare, per goder della mia vista in solitudine e soprattutto in esclusiva, ordinando perfino alle sue serve, di non rivolgermi lo sguardo quando venivano a rassettar salotti e camera da letto.

Non so cosa facesse in pubblico, perché non ho mai avuto occasione di assistervi, ma quando a notte tardi rientrava nel suo rifugio, allora finalmente si spogliava degli abiti e della maschera mondana e con me tornava a essere una ragazza semplice, intenta a trastullarsi col suo gatto.

Insieme facevamo lo spuntino notturno e giocavamo: mi tirava per un po' un gomitolo di lana che avevo imparato a riportare, poi accendeva una lampada ad olio che aveva un cappello di ferro, alto, a forma di cilindro, su cui erano state ricavate delle figure di animali e che si muoveva attraverso un meccanismo che lo faceva girare, proiettando sui muri delle ombre semoventi che sembravano veri cavalli e leoni e tori che si rincorrevano al calore della fiamma.

Io inseguivo quelle ombre, tanto preso dalla frenesia, da riuscire a galoppare a metà dei muri, sugli arazzi appesi, come in un turbinoso e divertentissimo giro della morte.

Ella rideva alle mie acrobazie e batteva le mani felice e quando ero stanco e mi fermavo, mi chiamava a sé con il tono di voce stridulo di una bambina e io correvo e mi struscavo alle sue ginocchia e facevo delle fusa potenti... per lei, solo per lei. Quando avevamo smesso i giochi e le tenerezze, a volte, si alzava dal tappeto su cui ci crogiolavamo insieme e con passo felpato, raggiungeva quella cassapanca misteriosa e pregiata che era arrivata meco.

Dolores mi faceva segno di tacere e io mi sedevo su uno sgabello a poca distanza da lei, smettendo di fare le fusa e osservandola ogni volta con stupore.

Lei apriva il baule fatto di legno e d'oro zecchino, ne traeva sete meravigliosamente ricamate, ma non andava mai in fondo, come se qualcosa le dicesse di non vuotarlo interamente del contenuto.

Per un po' si gingillava avvolgendo il suo corpo statuario e troppo adoperato, in quella stoffa preziosa, ballando e scatenandosi in maniera pagana, ai miei occhi muti e conturbanti, poi riponeva tutto accuratamente, accertandosi che la serratura fosse ben chiusa e finalmente andavamo a dormire. Una sera, dopo il nostro rituale di liberazione dell'anima, Dolores aveva abbassato il coperchio del baule senza girar, ne togliere la grossa chiave e questo era rimasto aperto.

Io me n'ero subito accorto, ma essendo un gatto e perciò la curiosità in persona, mi ero guardato bene dal farle notare la dimenticanza.

Eravamo andati a letto e in tarda mattinata, lei si era svegliata, alzata, imbellettata ed era uscita, come ogni giorno verso la sua attività di dispensatrice di gentilezze e a quel punto, rimasto solo, ero entrato in azione.

Mi ero avvicinato al baule con lo stesso passo leggero della mia compagna e avevo appoggiato le zampe al coperchio.

Mi ero reso conto subito del fatto che fosse molto pesante e che avrei dovuto metterci molta forza e astuzia per aprirlo e dopo una grande quantità di armeggiamenti, ero riuscito a infilare il muso e le zampe anteriori al suo interno e così spingendomi con quelle posteriori a infilarmici tutto dentro.

A quel punto avevo iniziato ad affondare nelle sete e scavando insistente, dopo un poco di fatica, ad arrivare al fondo e lì avevo capito.

La cassapanca era arrivata dall'oriente insieme a me ed era stata donata da un uomo di chiesa peccatore, all'Origine del suo peccato.

In fondo al baule, sotto alle stoffe, vi erano barattoli di spezie di cui uno rovesciato e polvere sparsa ovunque.

Avevo annusato quell'essenza, senza riconoscerne l'odore e mi aveva molto irritato il naso, così non contento e spinto ancora dalla curiosità l'avevo assaggiata.

Non so quanto tempo era passato da quando avevo iniziato a sentirmi male.

Avevo cercato subito di uscire dalla cassapanca, ma non ero riuscito trovare un appoggio su quei tessuti infidi e questa circostanza, unit al panico da luogo chiuso, oltre che al dolore lancinante allo stomaco, avevano fatto sì che rimanessi intrappolato all'interno del forziere.

Non ho ricordo dell'istante del mio trapasso, ma solo dei momenti che lo avevano preceduto, di una grande alterazione del mio stato mentale, di aghi e spilli nei polpastrelli, del cuore impazzito e delle convulsioni che mi avevano fatto finalmente perdere conoscenza.

Così me n'ero andato, per mera curiosità e per salvar la vita a lei, l'amore della mia.

Quando Dolores era rientrata tardi e non mi aveva trovato, aveva fatto fuoco e fiamme con le serve, accusandole di avermi fatto uscire, arrivando perfino a batterle.

Era corsa fuori e m'aveva cercato per metà della notte, per i bei giardini e i cortili interni di Villa Pilàr e quando si era data per vinta, in lacrime, era tornata alle sue stanze e si era seduta sul tappeto dov'eravamo soliti rotolarci insieme.

Lì si era guardata attorno e l'occhio le era caduto sulla cassapanca aperta.

Subito era accorsa, spalancandone il coperchio e mi aveva trovato, riverso fra le sete e senza vita, morto di una morte dolorosa, ancora stampata sul mio bel muso, gli occhi azzurri strabuzzati e i denti scoperti in un ghigno malefico e deformante, la bava alla bocca.

Aveva capito subito che non era stato soffocamento.

Mi aveva adagiato sul tappeto prezioso, aveva buttato fuori ogni cosa, arrivando fino al fondo del baule e aveva trovato la polvere giallastra rovesciata.

Il prelato aveva donato al "diavolo" un gatto, dei preziosi e un veleno potente.

Senza aspettar l'aurora, mi aveva avvolto in una seta pregiata e, al chiaror della luna, era scesa al capanno del giardiniere, dove aveva cercato una vanga con la quale mi aveva accuratamente seppellito, ai margini del suo roseto preferito.

Aveva messo una pietra a guisa di lapide ed era rimasta in silenzio a riflettere intensamente.

Le era sovvenuta una reminiscenza letteraria, un epitaffio latino, struggente, composto da Marziale in memoria di una piccola bambina di nome Erotion e se n'era ripetuta una parte nella mente, come se fosse a me dolcemente destinato:

"Ricopra una zolla non dura le sue
tenere ossa: tu, terra, non essere
pesante su di lui: egli su di te pesò sì
poco."

Tornata in casa, era corsa d'appresso alla cassapanca, si era cinta il viso d'una benda per proteggersi e con perizia aveva raggranellato la polvere mortale in un bel fazzoletto cifrato e l'aveva riposta nell'ingannevole vaso di spezie.

Il giorno successivo aveva dato un banchetto in mia memoria, invitando tutti insieme i suoi benefattori più potenti.

Dopo aver vivacemente intrattenuto i commensali, prima che fosse servita una pregiata minestra di pesce fresco e costosissimo, fatto arrivare per l'occasione dai mercati veneziani, aveva chiesto venia e si era allontanata con un pretesto.

Si era recata nelle cucine, aveva dato ordine alla cuoca di mescolar quella misteriosa droga al succulento brodo e l'aveva fatto servire immantinente con il nome de "Il nettare di Raja Bar".

Tutti l'avevano degustata compreso il Prelato soddisfatto, ma nessuno aveva finito la giornata per chiederne gl'ingredienti. Così la cortigiana aveva vendicato il suo gatto del Siam.

VI Racconto

C'era una volta nell' anno 1629...

"Il gatto nero, la masca e l'eco impossibile"

Non rammento che nome avessi, probabilmente la mia Donna mi chiamava solo Gatto, ma non mi amava certo meno, di quanto vengano amati i vostri moderni Pallino, Fufi, Nerone et cetera.

Era il 1629 o giù di lì e il paese si preparava, come il resto del regno, a vivere qualcosa di inimmaginabile e di non rammentato a memoria d'uomo: la piaga divina della peste bubbonica, ovvero la carola della morte, il "ballu tundu" dell'oblio della ragione e della pietà umana.

Emma e io eravamo, in un certo senso, avvantaggiati: eravamo già abituati a vivere nell'erebo della solitudine e dell'emarginazione, condannati dalla superstizione, dall'ignoranza e dalla miseria morale della piccola comunità cui appartenevamo nostro malgrado.

Emma era diversa dagli altri, era unica e ve ne voglio raccontare. Era una donna di venticinque anni, ma si poteva dargliene tranquillamente il doppio.

Era zoppa dalla nascita, aveva il collo torto, era orfana e zitella. Viveva in una bicocca che aveva ereditato dal padre insieme a un gruzzolo discreto per l'epoca e a un campo che permetteva a lei e ai suoi animali, di tirare avanti senza patire la fame.

La casa era a un piano, costituita da due cameroni e stalla annessa e in un passato ormai remoto aveva avuto perfino un valore, ma dalla morte del suo vecchio, nessuno aveva più fatto lavori di migliorie o di mantenimento ed era andata diroccandosi, violata dalle ingiurie del tempo e dai rampicanti che s'insinuavano da ogni vetro rotto o crepa del muro.

La mia Donna si limitava a riparare le magagne più evidenti, le crepe nelle pareti, gli infissi sconquassati, i travetti marci del tetto, usando legno riciclato migliaia di volte e spesso più marcio di quello sostituito, nel vano tentativo di mantenere in piedi la baracca e di proteggerla dal freddo dell'inverno, dalle incursioni dei topi e degli insetti più disgustosi e seccanti.

La stalla era l'unica parte della casa veramente curata, perché ospitava il bene più prezioso di Emma, ovvero gli animali che ci davano sostentamento: la mucca, il vitello, le capre, i conigli e il pollame.

Essa era divisa dalla cucina solo da una vecchia tenda consunta, perché la mia Donna doveva cogliere tempestivamente eventuali problemi che potevano riguardare le bestie, attraverso l'ascolto attento del loro respiro, dei movimenti, del modo di mangiare e finanche di evacuare.

Proprio per l'importanza preponderante della stalla nelle nostre vite, in qualità di principale mezzo di sopravvivenza in un regime di isolamento pressoché totale, Emma sacrificava gli agi alla sicurezza del nostro patrimonio, vivendo sopraffatta dagli incomodi che derivavano dalla mancanza di barriere architettoniche fra la parte civile della casa e quella rustica.

Le galline razzolavano per tutta la casa, immondando di sozzura il pavimento in terra battuta della cucina, covando a volte indisturbate sui poveri mobili o sulla scala di legno che portava nella camera da letto al primo piano e le mosche a migliaia, volavano e si posavano ovunque, sulle suppellettili, sulle pareti, perfino sui piatti in cui mangiavamo.

Ma questo non era l'unico indizio del disadattamento del nostro modo d'essere.

All'interno della casa, la luce filtrava dalle minuscole finestre rivolte a sud ed era fioca anche di giorno e la sera, le lampade a olio, usate con parsimonia, bastavano appena a far sì che la mia Donna potesse cucire, ma non impedivano che lasciasse la vista sugli stracci da rammendare.

Se la luce era esigua, una cosa che non mancava mai era l'acqua, che Emma portava in casa fresca di pozzo, due volte al giorno con una secchia di ferro da cui attingeva con la casûla, una specie di mestolo a cilindro, fatto apposta per bere o per vuotare il liquido nel bicchiere di legno che usava a pasto.

Per quanto riguarda i suoi bisogni corporali, la latrina era nella letamaia e che ci fosse il caldo afoso dell'estate o il freddo rigido dell'inverno, con il sole o con la pioggia, con la polvere della terra arsa d'agosto o con la neve soffice di dicembre, quando le scappava, doveva correre fuori esattamente come me, tranne in piena notte, in cui lei poteva usufruire di un vaso di ferro smaltato che teneva sotto il letto e che vuoto o pieno, emanava sempre uno sgradevole olezzo di urina umana, benché lo sciacquasse ogni giorno diligentemente.

Anche il caldo non mancava nella nostra abitazione.

Il camino a legna della cucina, serviva per far da mangiare, ma anche per riscaldare l'intera casa o per affumicarci vesti e pellame, dello stesso afrore della carne secca che Emma conservava in camera da letto, appesa ai grandi ganci che pendevano dalle travi del tetto.

Questo capitava soprattutto quando stava per piovere e il tempo era cupo, "basso" come diceva la mia Donna: il tiraggio della canna fumaria non era ottimale e il fumo invece di uscire dal comignolo, veniva respinto indietro, intridendo l'ambiente di un odore acre, pungente e tingendo di un nero indelebile le pareti stonacate della stanza inferiore.

Il focolare era la mia grande passione: d'inverno mi acciambellavo in una cesta fatta di salici intrecciati, che Emma metteva apposta per me accanto agli alari e dormivo per ore e ore senza mai svegliarmi e nelle notti più rigide Lei ne usava la brace per riempire il "prete" da infilare sotto le coltri e mi concedeva di assopirmi beatamente steso ai suoi piedi.

Stavo davvero come un re in quella bicocca, ma se la casa dentro, agli occhi di un estraneo, poteva sembrare la spelonca di un orco, avreste dovuto vederla fuori.

La piccola proprietà era delimitata da una lingua di terra ricoperta di boscaglia, che Emma aveva lasciato proliferare nel corso degli anni, un po' per ricavarne legna per scaldarsi nella brutta stagione, un po' per creare una zona invalicabile al mondo esterno.

Acacie, noci e castagni selvatici, cresciuti disordinatamente uno a ridosso dell'altro e il sottobosco di pruni, bronchi e rovi erano divenuti una trincea regolare per tutto il perimetro, una barricata che lasciava scoperta solo una piccola porta del cancelluccio d'entrata, unico varco d'accesso al nostro "fortilizio".

Tranne il veterinario del paese, un fattore che una volta all'anno veniva a prendere la vacca da recare al toro e il beccaio che portava via il manzo e ne riportava mezzo per il nostro uso, nessuno si avventurava nei pressi della spelonca, se non qualche ragazzino spinto dal branco a dare prova di coraggio o per fare sciocchi e innocui scherzi.

Emma era una che si contentava del proprio universo: aveva tutto ciò che le serviva, salvo un uomo, una casa che potesse definirsi tale e una vita decorosa.

Io ne ero innamorato per quello che era, per quel suo mondo sgangherato, per i suoi calli rasposi sulle mani, per i suoi capelli scarmigliati da strega, per le stanze sudice e piene di mosche della sua casa, per la sua solitudine sublime e disperata.

Ma lasciate che vi racconti come era cominciato il nostro idillio. Unico sopravvissuto di una nidiata d'agosto, ero arrivato in casa di quella femmina di uomo, al seguito di mia madre, una spelacchiata gatta grigio topo, ceca da un occhio, che era morta per gli stenti il giorno stesso che si era intrufolata nella legnaia di quello stambugio.

Essendo solo un micetto, ero rimasto a vegliarla, chiamandola, piangendo, sperando che si risvegliasse, finché la celere decomposizione del suo corpo, dovuta alla canicola estiva e la mia fame desolante, mi avevano costretto ad abbandonarla senza sapere dove andare, né cosa cercare.

Avevo vagato per un po' facendo attenzione a non uscire mai allo scoperto, finché avevo sentito una voce umana comunicare con uno strano essere, grande, peloso e munito di due robuste protuberanze sulla fronte, che dopo avevo saputo essere la vacca.

Avevo temporeggiato, non avendo mai visto dal vivo un essere della specie dei "lunghi", ma avendone sempre solo sentito raccontare cose terribili da mia madre, poi spinto dalla curiosità e dai sempre più potenti crampi allo stomaco, avevo deciso che era giunto il momento di andare incontro al mio destino.

Una cosa mi aveva dato speranza: sebbene fosse la femmina di un altro carnivoro e di un predatore potente, era pur evidente che stava conversando con un mangia-erba e la modulazione della suo verso sembrava dolce alle mie orecchie.

Così avevo affrontato Emma la prima volta.

Ero uscito pancia a terra e in segno di pace e sottomissione, avevo cercato di fare le più potenti fusa che ero riuscito a gorgogliare in gola.

Lei si era alzata dal treppiede su cui stava curiosamente seduta in prossimità della bestia cornuta e senza dire nulla aveva estratto il secchio da sotto il suo grande ventre e, zoppicando, si era allontanata di pochi passi.

Era tornata quasi subito con un piattino di legno e dal recipiente aveva vuotato un po' del contenuto, che poi mi offrì.

Era latte!

Da allora eravamo divenuti inseparabili.

Dormivo con lei sullo stesso pagliericcio, mangiavo alla sua tavola e alla sera sul suo grembo, mi facevo cullare dal dondolio della sedia, su cui si sedeva al lume di candela a rammendare i suoi poveri stracci.

Ero l'ultimo amore, forse l'unico che fosse mai arrivato in casa sua.

D'altronde non aveva occasioni di rapporti con i suoi simili, a nessun livello, dacché non usciva mai.

Era autosufficiente almeno dal punto di vista dei generi di prima necessità.

Aveva un grande orto, che reimpiantava a ogni stagione usando i semi recuperati dalle proprie culture dell'anno precedente e piante da frutta di ogni genere, allevava conigli, galline e il vitello, tanto che a differenza di molti altri in quegli anni, sulla nostra tavola c'erano sempre carne, secca o fresca e uova e verdura a volontà.

Io al contrario mi arrischiavo spesso al di là della cinta ed ero il suo occhio sul mondo: a volte mi avventuravo fuori per sentire le ultime novità o per carpire le trasformazioni dell'ambiente circostante.

Uscivo guardingo, facendo attenzione a non essere notato e mi aggiravo per le strade del vicino paese, passando di fronte a ogni porta e origliando a ogni finestra.

In tal modo avevo cognizione di ciò che si diceva di Emma nelle case di tutte quelle sane, onorate e socialissime persone: "E' una masca*! Sua nonna era una masca e lo era anche sua madre...", "è brutta come il diavolo e se tocchi il suo cancello, la notte stessa morirai in maniera atroce...ti schizzeranno gli occhi fuori dalle orbite e ti si staccheranno gli arti dal corpo...", "se ti fermi davanti alla sua casa con un'amica a parlare del filarino, puoi star sicura che resterai zitella...", "vive con i corvi e le civette e mangia i cadaveri dei vagabondi, che uccide con la roncola..." Come si capirà di lei si credeva fosse una strega.

Si sussurrava che fosse una iettatrice, che nel suo rifugio avvenissero chissà quali artifizi magici e che fosse pratica di fatture e arti sabbatiche in generale, oltre che una cannibale.

Le donne che passavano davanti al cancelluccio coperto di rovi, si facevano il segno della croce, gli uomini operavano scongiuri appellandosi ai propri orpelli fisici, le ragazze si ammutolivano, i fanciulli la sognavano di notte, nei loro incubi peggiori e le madri la usavano da spauracchio per chetare i monelli.

Io sentivo tutto.

Alla sera quando tornavo dai miei vagabondaggi, Emma la Masca, mi accoglieva abbracciandomi e mi sgridava per finta, per averla abbandonata così tante ore.

Mi raccomandava sempre le stesse cose, come fanno le madri apprensive "devi stare attento", "n o n devi frequentare le persone cattive", "devi stare lontano dalle strade e guardarti dalle ruote dei carri".

Finiti i rabbuffi amorosi, preparava il desco: due ciotole per me, un piatto e un bicchiere per lei, la caraffa da cui mesceva acqua a entrambi e cibo a volontà.

A seconda della carne cucinata, mi disossava i pezzi migliori e me li serviva caldi: io appoggiavo le zampe sul tavolo e mangiavo ai quattro palmenti, osservandola di tanto in tanto e facendo rumorosamente le fusa.

Una volta terminato, lei sparecchiava velocemente, poi si accomodava sulla sedia a dondolo e mi prendeva in braccio, io mi sistemavo di fronte a lei, seduto eretto e si scatenava l'incantesimo: le raccontavo della giornata trascorsa in paese e lei comprendeva perfettamente la mia lingua gattesca.

Così veniva a sapere delle dicerie sul suo conto e ne sorrideva, ma io sentivo che dentro soffriva.

Non ho mai avuto cognizione se si dolesse di più per le crudeltà delle malelingue o per la sua insormontabile incapacità a calcare l'andito del cancello del suo piccolo mondo protetto, per uscire allo scoperto e farsi conoscere.

Non ne aveva avuto mai la forza, né il tempo.

Con il passare dei mesi e l'approssimarsi della peste, le cose erano andate precipitando.

La gente era circospetta e la superstizione si sostituiva alla razionalità, in maniera dilagante.

Le cause di diffusione del contagio, nell'immaginario popolare, divenivano le più svariate: a volte grottesche, a volte di carattere religioso.

La malattia poteva essere diffusa dai portatori di malocchio, da origini di congiunzioni astrali, dagli incantesimi delle fattucchiere, dai gatti soprattutto se neri.

In una casa avevo perfino sentito una strana storia su certi fagioli affatati, ma poteva anche essere il castigo di dio per la mondanità di alcune donne del paese o per i troppi peccati commessi e la perdita della retta via dell'umanità varia.

Certo è che il clima andava corrompendosi sempre di più e la mancanza di conoscenza in campo medico, di regole sanitarie precise, di principi di logica convivenza e naturalmente la carenza di gatti, decimati dalle stragi collegate alla caccia alle streghe e unico baluardo contro la moltitudine dei topi neri portatori del terribile batterio Yersinia pestis, faceva sì che la situazione fosse sempre più preoccupante e pericolosa per quelli che come me ed Emma potevano essere identificati come untori.

D'altronde io ero un gatto nero e lei una presunta masca e questo era un fatto.

Sulla scorta dei miei racconti allarmanti, la mia Donna preferiva dunque chiudermi in casa, in modo che non mi venisse la tentazione di girandolare per le vie sempre meno sicure del paese ammorbato e, magari, per far sì che non portassi a casa qualche sorpresa, dacché neppure per lei era chiaro come si diffondesse il contagio.

La casa però era un colabrodo e io riuscivo lo stesso a svignarmela e a rientrare quatto, quatto, senza che se ne accorgesse e questa era stata l'origine dei miei guai.

Un pomeriggio avevo girovagato assorto più del solito, senza accorgermi del passare del tempo e giunto all'ora del vespro, rincorrendo un malcapitato roditore di campagna, mi ero ritrovato sul sagrato della chiesa, in mezzo a un'infinità vociante di gambe umane, sopraggiunte per il rito serale.

Ero rimasto immobile, sbalordito dalla sorpresa e dallo sgomento, sperando di non essere visto, finché non avevo sentito la stridula voce di una pia donna, berciare "ite, ite, guatate, Belzebù! Ite, ite, il gatto della masca! Dominiddio, scampaci dal sabbah, scampaci dalla morte nera!".

In quel momento una folla sovreccitata si era lanciata verso di me e io, che ero piuttosto grasso e poco avvezzo agli scatti peculiari della mia natura, non ero stato in grado di svicolare e dileguarmi.

Un ragazzino, di quelli che avevo spesso visto fare scherzi in prossimità del cancello di casa nostra, mi aveva agguantato e infilato in sacco di ruvida iuta.

Mi ero divincolato, ma non ero riuscito a uscirne e il terrore si era impossessato definitivamente di me.

Non avevo più rivisto il cielo.

Avevano iniziato a battermi con i bastoni e i primi colpi erano bastati a far sì che la mia anima uscisse dal corpo.

Non so quanto mi avessero percosso, ma quando era stato chiaro che non mi sarei più mosso, avevano aperto il sacco e avevano impiccato i miei poveri resti a una pertica, simile a quella che avevo visto usare nei giorni di festa, imbrattata di sugna, a far da albero della cuccagna.

L'avevano eretta in sullo stesso sagrato che m'era costato la fine, a severo monito per tutti gli accoliti del demonio fossero essi streghe o gatti e poi se n'erano andati ognuno per la sua strada.

Emma aveva scoperto solo al suo ritorno dai campi, della mia assenza e aveva atteso.

Non vedendomi tornare, aveva presagito una disgrazia e per la prima volta, dopo molti anni, era uscita dal suo mondo protetto senza il benché minimo ripensamento.

Si era avventurata in piena notte, per le strade del paese, coperta da un grande scialle nero, curva e malferma, stravolta dall'angoscia, finché non mi aveva trovato.

Mi aveva scorto da lontano e si era sentita morire.

Man mano che si era avvicinata, il respiro le si era fatto sempre più corto, fino a fermarsi del tutto in un'apnea di dolore, simile a quella dei bambini strozzati dai singhiozzi.

Era caduta in ginocchio ai piedi del palo, piangendo di un pianto lugubre, antico, annichilente e mostruoso.

Nessuno era accorso ai suoi funerei lamenti.

Era rimasta a contorcersi in quella piazza per un tempo indefinito, poi si era arrotolata la gonna sui fianchi e a gambe nude si era faticosamente arrampicatami sulla pertica, incurante delle schegge di legno che le trafiggevano le carni delle povere gambe sciancate.

La forza della disperazione l'aveva fatta arrivare fino al punto dove era stato fissato il capestro, mi aveva staccato dalla corda, mi aveva gettato sulla sua spalla ed era scesa altrettanto faticosamente, badando di non farmi cadere.

Si era avviata verso casa, raccogliendomi nel lacero grembiale e recitando una litania simile a un tenebroso rosario, aveva attraversato il paese, maledicendo ogni uscio, ogni persona, ogni animale, ogni cosa. Imboccato il lungo viottolo, era corsa stringendomi al petto, frugandosi nella tasca della veste per estrarre la lunga chiave del cancelluccio e quando era entrata e se l'era chiuso alle spalle, era caduta in ginocchio, urlando a più non posso le sue maledizioni che un eco impossibile aveva recato in luttuosa novella a tutto il paese, gettando gli uomini in una sarabanda di terrore incontrollato.

Dal giorno successivo la chiesa non aveva più smesso di suonare a morto le sue campane: giovani, vecchi, donne, uomini e bambini, tutti uno dopo l'altro avevano incontrato la portatrice di falce ed erano caduti come le spighe d'estate alla mietitura.

Emma che era stata solo una povera donna perseguitata dalla sfortuna e una contadina dalle mani ruvide e il cuore fanciullo per parlare agli animali, aveva iniziato a partecipare alle riunioni di luna piena e aveva imparato i sortilegi e gli incanti delle masche.

La sua attività era durata fino alla morte del suo ultimo compaesano.

All'ultimo rintocco della campana a lutto, si era coricata nel suo letto e mi aveva finalmente raggiunto.

Questo è la mia storia.

Che vi sia di avvertimento ogni qualvolta incontrerete una Emma sulla vostra strada: il diavolo non sta necessariamente nella donna strana o nel suo gatto nero, ma a volte nella mente e negli occhi di chi li guarda bistorto.

VII Racconto

C'era una volta nell' anno 1876...

"Il gatto del farmacista"

Era il 1876 a Castel della Civetta, io ero il gatto del farmacista e come tale il gatto più rispettato del paese, insieme a quello del Sindaco.

Mi chiamavo Cagliostro e stavo tutto il giorno in negozio ad assistere il mio padrone e servivo assai, dacché il mio compito era quello di sgombrare il campo dai topolini che scorrazzavano nella bottega, attirati dalle erbe odorose che il farmacista usava per produrre i medicamenti, adatti alla cura di ogni disturbo dei suoi acciaccati compaesani.

Il mio luogo preferito era una mensola a mezza parete, sopra cui il padrone teneva i vasi di ceramica finemente decorata con i nomi scritti in gotico delle erbe contenute.

Egli mi lasciava sempre uno spazio vuoto, in modo che potessi saltarci sopra e prendervi postazione senza rompere nulla e da lì osservare con gran attenzione la maggior parte del negozio. Mi sfuggiva solo una lingua di pavimento dietro il bancone che però pattugliavo di tanto in tanto, scendendo dal mio arrocco, perlustrando l'ammattonato, con lo stesso interesse di un esploratore cui fosse dato di scoprire la faccia nascosta della luna.

Di tanto in tanto mi piaceva anche star sull'uscio della bottega ad accogliere i clienti con un lieve cenno del capo o un'ammiccante strizzatina d'occhi, ma non andavo mai più in là del marmo che faceva da impiantito alla porta e non perché ci fossero pericoli effettivi, ma per motivi di curiosità.

La porta della farmacia, compresi il suo perimetro interno più prossimo e un pezzettino di quello esterno, era luogo di ritrovo per le donne e per i vecchi del paese, tanto quanto il mercato del sabato mattina.

In questa minuscola agorà dei pettegolezzi, tempio della mordacità e della calunnia, io mi trovavo ad ascoltare curioso e indisturbato, dacché nessuno faceva caso a un vecchio gatto sempre mezzo addormentato.

Così, lasciando gli umani nella beata convinzione di riservatezza, venivo a sapere di tradimenti, malattie nascoste, incesti, ruberie, sotterfugi e di ogni genere di nefandezza, commessa da quei bravi cristiani, in quel paese così placido, in cui apparentemente non capitava mai nulla.

Nessuno era al di sopra di ogni sospetto e tutti avevano qualcosa da spifferare su tutti e da nascondere a tutti.

La moglie del mugnaio ne diceva su quella del fornaio, il falegname ne aveva per il fabbro, la moglie del capo del villaggio per quella del custode del cimitero, l'allevatore per il veterinario.

Tutte le donne avevano un'amante o erano a loro volta cornute, i commercianti erano tutti ladri truffaldini, le sguattere e le contadine tutte donne di malaffare, il Signore del Castello un tiranno, il Parroco un simoniaco impegnato a vendere oggetti sacri, piuttosto che a dare assoluzioni e perfino durante la fiera del bestiame, avevano da trar fuori dall'armadio gli scheletri delle vacche esposte.

Si degnavano di non parlar male del farmacista, solo perché erano a casa sua ed era presente, ma senz'altro ne avevano anche per lui, girato l'angolo.

Un giorno, intento a origliare il cicaleccio di due ciarlone, mi ero soffermato con lo sguardo su una donna, detta Maria la Concia e lei se ne era accorta e senza pensarci, mi aveva rifilato un calcio col suo zoccolo di legno.

Subito era intervenuto il padrone in mia difesa e quand'ella si era giustificata dicendo che il gatto spiava le sue confidenze alla comare, era successo il finimondo.

Si era innescato un meccanismo di reazione a catena, degno degli alambicchi dei cerusici.

Immediatamente, un'altra comare di nome Giulia "La Squarsa", che aveva assistito in disparte alla scena, aveva diffuso la voce che Maria la Concia fosse pazza e lei per sdebitarsi, aveva reso noto il tradimento della figlia della Squarsa con lo stalliere del Signore del Castello, che a sua volta aveva ricambiato, svelando che il marito della Concia aveva contratto la sifilide in un bordello di Tolosa e così via.

Calunnia per discredito, scritte sui muri delle case o sui selciati delle aie, lettere anonime vergate in punta di piuma d'oca, avevano concorso a trascinare tutto il paese in un vortice di frenesia sicofantesca mai vista: a causa della scoperta degli altarini, erano scoppiate liti furibonde e mezze tragedie famigliari.

I gendarmi erano dovuti intervenire su più fronti a sedare risse e a calmare mariti che menavano mogli, mogli che menavano mariti, genitori che menavano figli, fattori che menavano braccianti, locandieri che menavano sguatteri, tenutarie che menavano baldracche e perfino il parroco che le aveva date al sagrestano.

Da quel dì, tutti si erano guardati in cagnesco per le vie del paese e nessuno più si era soffermato a cicalare presso le botteghe, soprattutto presso la farmacia che nel frattempo a causa del parapiglia manesco scoppiato, si era arricchita a dismisura con la vendita di bende, unguenti, pomate e intrugli vari, destinati alla guarigione delle botte e degli animi di quei bravi cristiani, pieni di scomodi segreti.

Questa storia si era talmente gonfiata, da giungere perfino alle orecchie di un giornalista di città che, essendo a corto di cronache da scrivere, aveva deciso di andare in quella contrada per veder in che cosa consistesse, la storia del gatto che spiava i pettegolezzi della gente.

Arrivato lo straniero a Castel della Civetta, subito erano entrati in azione gl'impiccioni e si era sparsa la voce della Stampa cittadina, interessata alla batracomiomachia paesana.

La sera stessa in cui il giornalista aveva preso dimora nell'unica locanda del posto, aveva ricevuto la prima furtiva visita da parte di mastro Germano il fabbro, che gli aveva dato i primi ragguagli maligni sulle persone più in vista del paese.

Via lui erano arrivati nell'ordine il ciabattino, l'impagliatore di sedie, il bottaio, il sagrestano, l'arrotino e, alla chiusura della locanda, quando il giornalista era già nel letto, era giunto l'oste, a picchiar alla sua porta.

Il giorno successivo quando di buona lena, aveva fatto per recarsi alla famosa farmacia del "gatto curioso", aveva potuto rimpinguar il suo già abbondante fardello di storie, fermato di casa in casa dalle donne del paese, senza alcun ritegno e con finta circospezione.

In poco meno di settecento metri aveva raccolto materiale per scrivere un libro nero o per rovinar a ricatti l'intero Castel della Civetta.

Giunto alla bottega m'aveva immediatamente scorto, pigramente assiso sulla porta, come una statua di marmo.

Si era avvicinato e mi aveva preso in braccio, girandomi e rigirandomi come se volesse accertarsi che fossi proprio un gatto.

"Come fai a spiare la gente", mi aveva chiesto osservandomi ancora ed era entrato in farmacia portandomi con sé.

Il padrone, sapendo chi era, gli aveva rivolto un'occhiata burbera, poi gli aveva chiesto se veramente credesse a quelle cose e se non avesse niente da scrivere di più importante.

Il giornalista aveva sorriso, mi aveva accarezzato e gli aveva confessato che fosse vera la seconda cosa che aveva detto: essendo estate, le notizie scarseggiavano anche in città.

Il padrone aveva apprezzato la sua sincerità e lo aveva invitato a bere un amaro fatto con erbe particolari.

Nel frattempo, gli aveva raccontato la mia vera storia e il giornalista, alla fine, se n'era andato soddisfatto.

Tornato in città, aveva messo per iscritto questo racconto e aveva successivamente composto un'antologia con tutte le meschinità umane che aveva ascoltato a Castel della Civetta, l'aveva pubblicato ricavandone un bel gruzzolo e diventando uno scrittore famoso.

Anni dopo il farmacista, ormai molto avanti negli anni e io, decrepito in ugual misura, avevamo ricevuto una busta contenente molti soldini e un cartoncino con scritto:

"A compenso della fortuna che Cagliostro mi ha procurato con la sua mania di spiar le beghine, al suo padrone che un giorno lo ha difeso da un calcio e a un paese pieno di rane chiacchierone!"

E questa è la mia storia.

VIII Racconto

C'era una volta nell' anno 1916…

"Teschio di gatto"

Cino non voleva andare alla guerra.

A lui non serviva molto nella vita: era giovane, forte e umile. Per essere felice, gli bastava uscire di casa con la zappa sulla spalla e respirare l'aria fresca del mattino; veder incendiar di sole le spalle negre della notte; mangiar a mezzo dì, pane nero coll'olio robusto delle sue terre e alla sera minestra di verza, accompagnando tutto con buon vino vecchio, di quello che tinge la fiasca di viola scuro indelebile e addormentarsi all'imbrunire, con un sospiro di sollievo e la certezza di aver finito un altro giorno da buon uomo, con dignità e sano sudor di braccia.

Il suo Paese però, non aveva dato retta alle sue preferenze e in guerra ce l'aveva mandato, sebbene fosse poco più che ragazzo e pure figlio unico di famiglia povera.

Cino non aveva mai vissuto davvero: non si radeva spesso la barba che gli cresceva ancora incerta sul mento e non era mai stato con una donna, né si era mai intrattenuto all'osteria in compagnia degli uomini fatti.

Nonostante questo, il suo Paese lo aveva reputato grande abbastanza, lo aveva rivestito di una triste uniforme di stoffa scadente, gli aveva dato scarpe dozzinali, gli aveva messo in mano un moschetto automatico e lo aveva spedito al fronte.

Ma lui non era fatto per essere un eroe e il suo Sergente, l'aveva capito subito.

Il giorno che era piovuta una granata sulla sua compagnia, egli era svenuto di fronte a un suo compagno maciullato e al passar di corpi sbuzzati e di gambe e braccia a brandelli, non aveva più finito di vomitare.

Per questo gli avevano tolto il fucile, sostituendolo con una robusta vanga adatta a scavar trincee e fosse per i morti.

Cino aveva gioito di esser stato degradato da soldato semplice a semplice spalatore, sebbene tremasse a scavare a testa bassa in prima linea, sotto il fischio delle pallottole amiche e nemiche, per spostar ogni volta di qualche misero metro il fronte, in modo da permettere l'avanzata dei suoi compagni combattenti. La guerra per lui era stata questa in fondo ed era stato un giorno come tanti altri, durante l'assestamento d'una trincea che, piantando la pala per terra, era saltato fuori quel teschio di gatto.

Cino si era chinato per raccoglierlo e buttarlo da parte, quand'ecco che il teschio di gatto gli aveva parlato: "tienimi con te" gli aveva detto "e vedrai che prima o poi ti verrò buono".

Il ragazzo si era guardato intorno incredulo, per vedere se il suo compagno di pala, a pochi metri di distanza, avesse parlato o almeno avesse sentito, ma nulla.

Pensando di essere impazzito, aveva raccolto furtivamente il teschio, se l'era messo in tasca e aveva continuato per tutto il giorno a lavorare, preso da una smania senza precedenti.

La sera al chetarsi della battaglia, aveva mangiato con gli altri e poi era andato a rannicchiarsi in un angolo e quando era stato ben certo di essere da solo, aveva tirato fuori il piccolo teschio e lo aveva appoggiato a una pietra di fronte a lui.

Il gatto aveva iniziato a raccontargli la sua storia, una storia simile a quella di molti gatti, fatta di angherie umane, di amori fuggevoli e di una morte precoce per mano del fattore cui aveva rubato un pezzo di carne in tempo di carestia.

Il villano lo aveva acchiappato e lo aveva infilato in un sacco, poi lo aveva sotterrato vivo ma, prima di morire, il gatto si era appellato alla sua Antica Dea, le aveva chiesto una grazia ed ella gli aveva concesso di tornar in vita, quando un altro uomo lo avesse dissotterrato e ne avesse fatto oggetto delle sue benevoli attenzioni.

Certo era passato tanto tempo e del suo corpo era rimasto solo quel teschietto ben conservato, ma sui doni della Dea non si può sindacare ed egli era contento così, anche solo di poter parlare da teschio a uomo. Cino, sempre più sicuro di essere pazzo, si era intrattenuto a discorrer con l'osso di gatto, fino quasi all'ora in cui si sarebbe dovuto rimettere a scavare e da quel giorno per lui era andata sempre in quel modo, in compagnia di uno strano amico che non lo faceva più sentir solo e sperduto sotto il fischiar delle pallottole nemiche e gli schianti degli obici. Le giornate di dolore, fatica e spavento trascorrevano veloci in attesa dell'oscurità e dell'oblio che gli consentivano di vivere la quiete e il ristoro dell'amicizia di quel teschio di gattino che "quando si è in guerra poco più che ragazzi, non c'è nulla che conforti di più e che ti dia l'illusione della salvezza che di poter incrociar la propria voce e le proprie storie di vita comune, con qualcuno che ti sia caro" ripeteva Cino a se stesso.

Così di trincea in trincea e di morto in morto, la guerra che sembrava infinita, a un certo punto era finita.

L'11 novembre 1918, quando la Germania aveva firmato l'armistizio con le forze dell'Intesa, erano stati tutti rimandati a casa, tutti quelli sopravvissuti almeno e Cino era stato uno dei fortunati.

Coperto di stracci, di cicatrici e di calli, più pezzente e polveroso di quando era partito, si era avviato verso la sua terra insieme al Teschio di gatto, che non l'aveva mai abbandonato alla mercé della disperazione per tutto quel tempo di avventura bellica.

Per strada aveva saputo che il numero di morti in battaglia era stato di oltre quindici milioni di uomini, tanti quanti erano stati i morti per le carestie e le malattie dovute alle ostilità indelebilmente impressi nelle cose, come nelle persone.

La guerra era stata nello stesso tempo l'ultimo grande conflitto del passato, per come si era combattuta in trincea e in lentezza, ma anche il primo grande conflitto moderno in cui si erano usati appieno tutti i mezzi più evoluti, gli aeroplani, i corazzati, i sommergibili e le armi chimiche, tra cui il gas.

Quando Cino era sopraggiunto a casa ormai uomo nell'aspetto, non aveva trovato più nessuno della sua famiglia ad attenderlo in vita, ma solo povere tombe, contrassegnate da comuni pietre a guisa di lapide, cui era stato scalpellato sopra con tratto troppo leggero il nome del defunto, affinché non andasse perduto in caso di eventuale ritorno di qualche parente congedato dall'esercito.

Egli aveva pianto per sua madre e per suo padre, poi era tornato alla sua casa, ridotta a catapecchia dall'abbandono e dal passaggio di soldataglie miste e si era appellato al Teschio di gatto.

Singhiozzando gli aveva ricordato quello che gli aveva detto nella trincea durante il loro primo incontro, che se lo avesse raccolto e tenuto con sé, prima o poi gli sarebbe venuto utile e lo aveva implorato di fare qualcosa per lenire il suo strazio.

Il Teschio di gatto si era fatto portare di fronte all'uscio della casupola, si era fatto appoggiare sulla nuda terra e qui aveva iniziato a fare le fusa in maniera così forte, che Cino dapprima aveva dovuto coprirsi le orecchie per non che gli si forassero i timpani e poi era caduto a terra svenuto.

Quando si era ripreso non aveva creduto ai propri occhi, né alle proprie orecchie. Non era più inverno, ma estate.

Il paesaggio intorno non era più brullo, ma verdeggiante e dall'odor polveroso e caldo di messi pronte per la mietitura.

La sua casa non era più un rudere, ma come l'aveva lasciata, tanti anni prima di partir per il fronte e da un lato, sua madre era intenta a stendere al sole i panni profumati, lavati nella cenere, come tante volte e aveva visto fare.

Egli non aveva più i calli sulle mani, né le cicatrici di guerra: era di nuovo poco più che bambino.

Aveva respirato a pieni polmoni l'aere serena, poi si era dato da solo un pizzicotto per esser certo di non sognare e aveva avvertito il piccolo dolore a riprova della realtà vissuta.

Si era guardato ancora intorno, incredulo.

Improvvisamente dall'angolo del granaio era sbucato suo padre con un sacco recalcitrante in una mano e una pala nell'altra, imprecando e bestemmiando contro un diavolo di gatto che gli aveva rubato qualcosa.

Cino aveva subito capito.

Era corso presso suo padre e gli aveva chiesto di lasciar che fosse lui a castigar il ladro e l'uomo ben contento di togliersi quell'onere, gli aveva consegnato il fardello e la vanga e gli aveva ordinato di scavar un buco ben profondo nella radura poco distante e d'infilarglielo dentro senza esitazioni.

Cino era andato nel bosco e aveva liberato il gattino.

Si erano seduti uno accanto all'altro, su un tronco d'albero caduto ed era
rimasti così, il ragazzo e il gatto ritrovati in un altro tempo e in altro mondo, un
da quel segreto di magia, a raccontarsi storie e a farsi coraggio prir
dell'arrivo della Grande Guerra.

IX Racconto

C'era una volta nell' anno 1944…

"Ato" e Maria

Io avevo visto tutto, sapete?

Discreta, trascurata, impercettibile, era stata la mia presenza: io c'ero, per questo, posso parlare.

Era l'estate del 1944, quando tutto era avvenuto.

A quel tempo certi uomini vivevano come topi: sempre all'erta, sul chi va là, nessuno si fidava di nessuno, la loro vita era ammantata di un sottile velo di terrore e incertezza, simile alla polvere di terra che ricopriva le loro povere cose o al sudore delle loro disgraziate fronti basse.

Allora nessuno badava a un gatto, perché le preoccupazioni e la paura sovrastavano ogni cosa, dalla più piccola formica alla più alta delle piante.

Tutto era utile, ma nulla carpiva l'attenzione delle menti umane, stravolte dalle atrocità della guerra.

Maria era l'unica amica che avevo.

C'ero alla sua nascita, avvenuta sul pagliericcio della nuda stanza da letto della casa del fattore.

C'ero quando aveva mosso i primi incerti passi e quando mi aveva chiamato la prima volta "Ato", con le sue piccole labbra rosse e balbettanti.

Ero rimasto "Ato" per tutta la vita, almeno per lei che era l'unica che si rivolgesse a me riconoscendomi come essere vivente e che mi amasse di un amore puro ed esclusivo come solo i bimbi sanno fare.

Ma torniamo un poco indietro.

Era il 1939 alle soglie della guerra, non vi erano molti svaghi in campagna e neppure la gente aveva voglia di cercarsi sollazzi. La maggior parte degli umani era tenuta all'oscuro dei fatti, eppure percepiva l'arrivo della tempesta e non sorrideva più, sebbene continuasse a vivere il più normalmente possibile e si ostinasse a onorare le feste comandate e alcuni eventi legati alla campagna e al succedersi delle stagioni.

Qualsiasi cosa si fingesse di festeggiare, comunque si danzava. Sul tradizionale ballo a palchetto in occasione della festa del santo patrono del paese, al suono di un'orchestrina stonata sull'aia delle cascine durante la mietitura, accompagnati dalla fisarmonica sotto un portico, all'imbrunire per l'annuncio di un matrimonio: giovani e vecchi ballavano tutti.

Si era ballato anche alla festa per la nascita di Maria, tutti convenuti, la sua famiglia, le famiglie dei poderi accanto, mezzadri e braccianti, perfino il sindaco del paese.

Tutto era stato curato a puntino: l'aia spazzata per bene in modo da permettere le danze e su un rimorchio, posto al riparo sotto il porticato, era stato imbandito un desco con vivande assortite, focacce farcite di cipolle, frittate di erbe miste, frutta di stagione e vino a volontà.

I vicini di podere, la cui moglie del fattore aveva aiutato la madre di Maria a partorire, avevano portato la musica, permettendo a uno dei lavoranti di alzare la schiena dal campo e strimpellare il suo strumento per allietare la festa.

Tutto era stato perfetto, per quanto di perfetto potesse esserci in quel tempo e fra quella gente.

Dovete sapere che Maria era nata negli anni sbagliati, nel momento sbagliato, nella famiglia sbagliata, in mezzo a persone che l'avevano festeggiata, con lo stesso entusiasmo con cui le avrebbero fatto la festa per ignoranza o pochezza, cinque anni dopo, a guisa di agnello sacrificale. Maria era nata ebrea, alle soglie di una guerra razziale. Io avevo vissuto tutto, io c'ero.

Il 1939, che anno!

Tutti inguainati nei vestiti della festa, gli uomini in marrone di varie tonalità, le donne luminose, nelle gonne colorate, con i fazzoletti in testa, le scarpe pulite come le loro coscienze, le facce di pietra dei vecchi e quelle rubiconde dei giovani, i nasi e le guance arrossate e gli occhi annacquati dal vino, le risa di giubilo per il lieto evento...

Nascosto nel mio buco, fra il muro e la legnaia, avevo seguito i balli e i canti e i ringraziamenti levati al cielo per quel dono divino di procrastinazione della specie.

Ma c'ero stato anche nell'estate del 1944.

Avevo visto la stessa aia spoglia, le stesse facce paonazze, non più per il vino celebrativo, bensì per il furore ideologico di colpo acquisito, gli stessi occhi annacquati non già dal vino, ma dal fanatismo, i vestiti nuovi tutti uguali e neri degli invitati non invitati, tutti grigi e stracciati degli ospitanti per forza. Avevo visto quelle stesse mani che ieri avevano carezzato il faccino bianco come il latte e rosso come il sangue di Maria, quelle stesse braccia che avevano stretto e sollevato al cielo il suo corpicino leggero, innalzarla con violenza e gettarla su un carro puzzolente di sterco e paura, insieme a sua madre piangente.

Io avevo visto, io c'ero. Avevo visto, capito e agito.

Ero uscito dal buco, la mia finestra sul mondo, nel momento stesso in cui un colpo sordo era scoppiato contro il fattore, appeso al camion che portava via Maria.

Avevo visto schiudersi un fiore scuro fra le sue scapole e avevo sentito urlare la mia bambina.

Con un balzo che andava oltre le mie possibilità fisiche, mi ero gettato sulla schiena dell'uomo che aveva in mano il tubo lucente che aveva detonato il colpo contro il padre di Maria. Quello si era girato, mi aveva agguantato con la grossa mano sudata, mi aveva strappato dalle sue spalle e mi aveva sollevato di fronte a sé, in modo che potessi vederlo negli occhi bui e fissi come quelli di un corvo.

L'avevo riconosciuto e lui, in fondo a quella sua anima vuota, l'aveva intuito, per questo si era tanto infuriato.

Non perché l'avessi ferito con i miei unghielli, non perché un povero, semplice gatto avesse osato attaccare lui, grande essere potente, ma perché l'avevo riconosciuto: era l'uomo che aveva portato la musica alla festa di Maria.

Io c'ero d'altronde, c'ero sempre stato. Tutto si
era svolto velocemente.

Mi aveva preso per la gola digrignando i denti, io non ero più riuscito a respirare e ogni cosa era divenuta nera come la sua livrea, ma Bast sorella di Sekhmet, aveva fatto sì che la mia zampa sinistra, artigli scoperti, si allungasse a dismisura, arrivando a trafiggergli un occhio, fin quasi a cavarglielo fuori dalla testa.

Era stato un attimo.

L'uomo nero della musica aveva stretto maggiormente il mio collo ed era venuta sera.

La pietosa Bast aveva fatto in modo che non mi accorgessi del poi.

Non avevo più sentito nulla: non quando mi aveva scagliato per terra, non quando aveva crivellato il mio corpo dello stesso piombo che aveva incendiato le spalle del padre di Maria.

Era stato un attimo di oblio, un solo attimo.

Subito dopo ero tornato a esserci, ma non su quell'aia maledetta, bensì ovunque e in qualsiasi attimo fuggente: era stato grandioso.

La prima cosa che avevo fatto era stata cercare Maria.

L'avevo seguita nel passare dei suoi giorni di prigionia e dei suoi chili già così modesti e c'ero stato anche quando, da sola, era stata tratta fuori dalla stia, dove l'avevano rinchiusa quei mostri antropomorfi che emettevano strani versi gutturali. L'avevo vista nel suo sembiante, magra, triste, le guance livide non più bianche come il latte e rosse come il sangue, ma grigie, come il cielo sopra il recinto.

Era entrata in una camera molto grande e io ero salito sul tetto dell'edificio e avevo atteso di vederla uscire.

Lei però non era più uscita dalla porta: le fiere che l'avevano condotta dentro, erano sbucate dalla stessa parte dopo un po', trascinando sulla terra greve e polverosa un fagotto di stracci che avevano gettato a poca distanza in un buco di mattoni, simile a quello che, alla fattoria, la mezzadra usava per produrre le fragranti "grissie", da consumare per tutta la settimana, ma molto, molto più grande.

Per vedere meglio, mi ero spostato accanto all'alta fumarola e come d'incanto Maria era apparsa a poca distanza, sul tetto di fronte a me.

Io c'ero e avevo capito.

Così magra e sottile, era scappata dal camino: mi aveva visto e sorridente era corsa ad abbracciarmi felice, chiamandomi per nome "Ato, Ato mio…".

Inutile dirvi che era stato il momento più bello della mia vita. Potete credermi, io c'ero e ci sarei sempre stato.

X Racconto

C'era una volta nell'anno 1960…

"I gatti del vecchio Isc e il bizzarro Nut"

Noi eravamo i suoi gatti.

Isc si sedeva con noi e con il bizzarro Nut, ogni giorno verso l'imbrunire sulla sedia di paglia, sotto l'ampio porticato di casa, al freddo invernale o alla canicola estiva senza eccezione, mezz'ora ogni giorno a osservare compiaciuto il suo piccolo mondo naturale.

Nut non poteva entrare in casa come noi, per questo lo incontravamo fuori.

Isc era un uomo vecchio, ancora in gamba, che viveva da molti anni senza la sua compagna, morta relativamente giovane e dalla quale non aveva avuto figli.

Era vedovo dunque ma non solo, dacché era contornato da molti esseri viventi di ogni specie, forma e colore.

Isc nel suo podere, dava asilo a tutti coloro che volessero fermarsi. Diceva sempre: "dove si mangia in quattro si mangia in cinque", ma cogli anni le bocche a suo carico erano divenute sei, otto, quattordici, diciotto, ventidue e forse più.

La casa di Isc era soprattutto il rifugio dei disperati: era una vetusta cascina di pianura, a pochi chilometri dalla città di Alessandria, trasformata in una specie di Eden per coloro che nessuno più voleva o avevano mai voluto.

L'unico ospite con blasone era un cane di razza, un pastore scozzese che un tempo era stato un buon guardiano ma che ora,

sordo, mezzo ceco e pieno di artrite, faceva passare pigramente le ore trascinandosi dalla morbida cesta imbottita che Isc gli aveva regalato, al divano sfondato della sala, chiacchierando a brontolii con il suo uomo e guardando di sottecchi al suo fianco la TV.

Noi, i suoi innumerevoli gatti, un tempo randagi o abbandonati nei pressi della vicina autostrada, vittime delle auto proliferate con il boom economico, dei combattimenti amorosi, della crudeltà dell'uomo, alcuni monchi di zampe, di code o di orecchie, altri senza un occhio, o con vistose cicatrici ad arabescarne i corpi smunti o grassi, formavamo costantemente un drappo languido e sereno riverso sui gradini esterni della casa o dentro, su mobili, poltrone, sul letto, a volte perfino nella vasca da bagno o sull'asse del water.

Gli altri abitanti della casa avrebbero potuto tranquillamente far parte di una corte dei miracoli: sette cani bastardi e spelacchiati, liberi di andare e venire da un gran serraglio, nei recinti attigui alla stalla uno sparuto gregge di pecore in buona salute, due vaccherelle pezzate e un giovane toro dall'aria forte, una capra zoppa dall'età incerta, un maiale nato senza un piedino, polli e conigli millenari, un cavallo da tiro insellato e bolso e un asino mutilato per gioco da un gruppo di giovani delinquenti, erano stati di anno in anno le buone azioni di Isc, che li aveva salvati da una triste sorte, acquistandoli qua e là, man mano che se ne era imbattuto, in una fiera di paese, presso qualche fattoria, perfino strappandoli alla soglia del macello.

La sua casa era però, come dicevamo, il rifugio di chi volesse fermarsi o vi capitasse per caso: così era per molti uccelli, per una quantità imprecisata di ricci e bisce, ragni e cavallette, perfino per una volpe macilenta e così era stato anche per Nut. Isc lo chiama Nut ed era la sua nutria e Nut era amico di noi gatti e spesso ci intratteneva con le storie audaci e tragiche della sua vita rocambolesca.

Era giunto qui poco più che cucciolo, tre anni or sono, mai pensando che avrebbe avuto una speranza di vita di qualsivoglia genere, in una terra dove era stato allevato dall'uomo per trasformarlo in colletto per signore.

A pochi mesi dalla sua nascita, quando aveva già perso la maggior parte dei suoi parenti uccisi dalla corrente elettrica usata da un aguzzino per sopprimerli, non già per pietà, per non farli soffrire, ma per non rovinare la loro pelliccia, dopo aver assistito all'esecuzione di sua madre che sfondata dalle gravidanze non era più considerata produttiva e dopo averla vista scuoiare e gettare le povere spoglie in un sacco nero come spazzatura, aveva deciso che l'unico scopo del suo piccolo cervello, sarebbe stato orchestrare nei minimi dettagli la sua fuga.

Da quel momento aveva vissuto ogni secondo della sua misera esistenza di condannato, a osservare gli uomini per studiarne i movimenti, le abitudini, cronometrare ogni giorno le loro azioni di routine, utilizzando ogni accessorio sensoriale, perfino i battiti del suo cuore.

Ben sapendo di avere poco tempo, aveva impiegato qualche settimana a disciplinarsi a restare calmo al loro arrivo, controllando il respiro attraverso esercizi di pazienza e concentrazione, imparando a dominarsi perfino nel corso delle esecuzioni di massa a non avere emozioni e a mantenere costante il battito che gli sarebbe servito da orologio e forse da salva vita.

Una volta che era riuscito in questa atroce padronanza di sé stesso, si era sentito pronto per passare alla fase B del piano di evasione: capire la tecnica di presa per estrarre i castorini dalla gabbia e il tempo di permanenza di apertura dello sportello. Aveva dovuto prestare attenzione a migliaia di condanne, cosa che lo aveva profondamente segnato, sebbene sapesse che quell'attardare lo sguardo sulla fine dei suoi simili, non aveva nulla di morboso né di sadico, ma che era solo un esercizio imposto dall'istinto di sopravvivenza.

Il concetto era lo stesso di quelle evoluzioni spericolate, che a volte attirano noi gatti pigri, stravaccati sul divano di Isc a osservare più attentamente la TV: certi uomini che chiamano circensi, si buttano come uccelli da un'asta attaccata a due corde, posta molto in alto da terra e, se perdono l'attimo fuggente di aggancio, cadono al suolo facendosi male.

Ebbene, per Nut era uguale: se non fosse riuscito a cogliere quel millesimo di battito del cuore in cui l'uomo con il guantone avrebbe aperto la gabbia per afferrarlo, sarebbe morto con due elettrodi appesi uno al naso e uno sotto la coda.

Ci voleva una gran concentrazione, una gran coordinazione e una bella dose di fortuna per riuscirci e, certo, non era semplice studiare in quel frastuono d'inferno che si levava alla comparsa degli uomini.

Aveva anche provato a spiegare ai suoi vicini di gabbia il piano, tanto non avrebbero potuto tradirlo con dei carcerieri che erano sordi alla lingua animale, li aveva supplicati di stare calmi e di praticare con lui quelle tecniche meditative che avrebbero forse salvato i pellicciotti a qualcuno di loro, ma nulla.

Né lo avevano ascoltato, né avevano fatto altro per contrastare il loro destino segnato, se non mostrare denti e muscoli e soffiare disperatamente a quel predatore troppo superiore per forza e astuzia.

Un giorno era arrivato il suo turno.

Era ben cresciuto, nonostante la sua giovane età, il suo pelo era folto e morbido ed essi la mattina, gli avevano appeso accanto il foglietto blu della morte, quello che mettevano vicino alle gabbie dei prescelti.

Il pomeriggio erano giunti, uno con i guantoni spessi di cuoio, uno tirandosi appresso la macchina delle esecuzioni. Sghignazzanti, avevano ripetutamente sputato per terra, al loro passaggio lungo il corridoio delle gabbie sollevate all'altezza dei loro fianchi e avevano imprecato contro quegli animali terrorizzati che soffiavano e mostravano impotenti, denti e unghie inutili armi di una improbabile difesa.

Nut si era sempre chiesto perché non avessero una stanza dove giustiziare gli innocenti, senza farsi vedere dai loro simili, come fa l'uomo per le bestie che mangia, ma nell'istante in cui erano comparsi sulla soglia per la sua esecuzione, li aveva guardati in faccia aveva capito.

Avvolti nelle loro palandrane luride, sguaiati e puzzolenti, lo facevano apposta a essere tanto plateali. Era la loro maniera per sentirsi qualcuno.

Erano per la maggior parte miserabili, evitatati accuratamente dai loro simili, clandestini stranieri, semianalfabeti italiani, ritardati mentali o ubriaconi e le nutrie erano gli unici esseri al mondo più disgraziati di loro. Erano sopraggiunti avanzando fra lo strepitio bestiale, ma Nut in quei pochi attimi aveva avuto la capacità di estraniarsi, contando i battiti del suo cuore, aveva raccolto la mente, inspirato ed espirato assolutamente padrone del suo corpo. Aveva sentito il movimento della terra a ogni passo degli umani, aveva socchiuso gli occhi e quando si erano fermati di fronte a lui, immobile e quieto al contrario degli altri, ben presente nel momento fatale, aveva raccolto le forze e i pensieri ed era andato in scena per uno spettacolo che, comunque fosse andato, non avrebbe avuto repliche.

L'uomo più grande aveva aperto il chiavistello.

Nut si era proteso impercettibilmente indietro contro il fondo della gabbia, in modo che quello dovesse infilare la mano dentro.

Quando lo aveva afferrato per le zampe anteriori, tenendolo anche per il collo, in modo che non potesse morderlo, si era spinto in avanti con i posteriori, andando a incastrarsi fra l'apertura e il suo braccio.

Il nostro amico si era gonfiato più che avevo potuto, immagazzinando aria nei polmoni e quello, sentendo la pressione sull'arto, si era spaventato.

Lo aveva lasciato, cercando subito di afferrarlo di nuovo con stretta più salda e in quel momento, con un'ulteriore poderosa spinta, Nut s' era scaraventato a unghie spianate mirando al suo volto, andando volutamente a vuoto e aveva battuto rumorosamente i denti.

L'uomo, grande e sciocco, si era ritratto del tutto, lasciandolo uscire.

Era caduto pesantemente a terra, i due uomini avevano cercato di sbarrargli la strada, ma Nut come un forsennato, si era lanciato testa bassa, correndo a più non posso fuori dal capannone e po ancora oltre il cortile ghiaioso, oltre la strada di asfalto, oltre il fosso e vi si era trovato libero per la campagna. Aveva sentito gli uomini galopparg pesantemente dietro, per un breve tratto ma, come aveva previsto, aveva subito persi, dacché non erano pagati abbastanza per rincorrer una delle diecimila strisce di pelliccia che se l'era svignata sulle propri gambe.

Non si era girato per accertarsi se si fossero fermati, non avev semplicemente più sentito i loro improperi e il rantolare del loro fiat appesantito dallo scatto e dalla breve corsa, ma aveva continuato correre, correre, correre finché non era più neppure stato in grado di tirare un esile alito di ossigeno nei polmoni.

Allora aveva visto nero ed era stramazzato al suolo in un fosso ombroso, le zampe stese come se fosse morto, la coda piena di formicolii, la bocca secca come la terra in cui di lì a poco si sarebbe scavato un cunicolo per potersi abbandonare a un lungo sonno ristoratore delle forze che gli sarebbero servite per affrontare il viaggio verso un posto qualunque lontano dall'uomo.

Non so quanto avesse dormito ma si era svegliato in piena notte, la sua ora preferita, affamato e assetato e conscio di essere nato per una seconda volta.

Con quella verità in pugno e tutto indolenzito si era rimesso in cammino, senza affrettarsi, dondolandosi per i campi in cerca di qualcosa di appetitoso.

Si era rimpinzato di pannocchie verdi e dolci, di erba medica, di insetti notturni, aveva catturato un piccolo uccello caduto da un nido e aveva perfino sbocconcellato qualche scalogno fresco appena raccolto.

Era arrivato a una roggia, aperta per l'irrigazione e si era tuffato con bramosia, sebbene fosse acqua corrente e geneticamente meno appetibile per i suoi gusti, di un bell'acquitrino stagnante nei pressi di qualche fiume.

Dopo essersi ben rinfrescato, si ero rimesso in cammino, fino al sorgere dell'aurora, poi si era scavato un'altra bella tana profonda, al limitare di un campo di mais, in modo da proteggersi dal giorno caldo, luminoso, foriero di pericoli.

La notte successiva aveva di nuovo camminato, mangiato, bevuto e poi ancora camminato, finché non era arrivato nei pressi del muro di cinta di casa nostra.

Amanda, la gatta sentinella, si era subito accorta di lui ed era venuta a fare rapporto al Gran Consiglio dei gatti di Isc.

Ci aveva ragguagliati del fatto che uno straniero dalla forma strana e dal fare circospetto si aggirasse nei paraggi, ma non capendo che animale fosse, avevamo deliberato di lasciarlo fare per afferrarne le intenzioni.

Così come solo i gatti sanno fare, lo avevamo tenuto d'occhio con la discrezione dei fantasmi e avevamo studiato le sue mosse e le sue abitudini per qualche giorno.

Per quattro giri di Luna era rimasto fuori a vagabondare, pacifico e silenzioso, uscendo solo nelle ore dell'oscurità, ma una sera, spinto probabilmente dalla curiosità o dal suo istinto sopito dal fatto di discendere da generazioni nate in cattività, aveva deciso di fare il grande passo e di entrare nella casa dell'uomo.

Aveva circumnavigato la cinta e quando era arrivato al cancello, un profumo invitante gli aveva solleticato le nari: si era alzato in piedi e aveva gettato un occhio oltre le sbarre strette, da cui non sarebbe mai riuscito a passare, né per entrare a ficcare il naso, né in caso di fuga.

Qualcosa lo aveva trattenuto imperscrutabilmente lì.

Aveva atteso il giorno, accoccolato dietro un cespuglio e al risveglio del mondo, si era ripresentato furtivamente all'ingresso della tenuta, sbirciandone l'interno.

Quello che aveva visto lo aveva sorpreso e attratto maggiormente.

Il nostro Isc, uomo anziano, ma ancora agile, senza alcun pelo sulla faccia, ma con una folta criniera color dell'argento, era uscito sulla soglia stiracchiandosi le membra e sbadigliando rumorosamente.

Alla sua comparsa, uno stuolo di animali di ogni genere gli si era assiepato intorno, facendogli ognuno a suo modo le feste di buon risveglio.

Erbivori, carnivori, volatili, di ogni foggia, dimensione e colore, potevano muoversi tranquillamente dai loro ricoveri, senza essere trattenuti da gabbie, palizzate, reti o quant'altro.

C'erano sì dei recinti, ma tutti erano aperti e nonostante ciò, dopo aver preso carezze e parole dolci del mattino elargite generosamente e in parti uguali da Isc, ogni essere vivente era tornato al suo posto attendendo pazientemente di essere servito per la colazione.

Nut non aveva creduto ai suoi occhi.

Aveva visto una volpe sdentata sedere di fronte a un canuto uomo, accompagnata da un cane giallo e un gallo spennacchiato e aveva potuto sentire dietro, noi gatti fare altisonanti fusa, poco distanti da una pica con un'ala fasciata, appollaiata alla balaustra di un gazebo senza il minimo timore di quell'adunanza di predatori.

Intanto che spiava, a sua volta spiato dal nostro servizio segreto felino, quella congrega assurda, gli era giunta di nuovo una zaffata di profumo celestiale, proveniente dal capanno posto dietro la casa.

La gola o forse la solitudine, l'avevano fatto decidere definitivamente.

Quel luogo affollato non poteva essere maggiormente pericoloso del lager dov'era nato, inoltre c'era cibo in abbondanza e non pareva di udire lamenti, né grida di terrore da parte degli animali presenti, né avvertiva odore di paura in loro o altre manifestazioni di dolore.

Era rimasto nei paraggi.

Dal giorno del suo arrivo, erano passate molte lune prima che Isc si accorgesse di lui.

Le sue perlustrazioni non erano mai state rumorose, se mai lasciava tracce, erano gli scavi dei cunicoli che utilizzava per passare da un ala all'altra della tenuta.

Nessuno tranne la congrega felina si era rivelato a Nut, per il tempo della sua clandestinità notturna.

Lo avevamo sorpreso sotto la pianta da cui pendevano i giochi che Isc aveva approntato per il nostro divertimento, intento a litigare con un tiragraffi: lui era stato gentile, noi sebbene in leggera concorrenza alimentare, l'avevamo accolto con la cordialità e la tolleranza che Isc aveva insegnato a tutti noi.

Gli avevamo mostrato il nostro paradiso, gli avevamo enumerato le regole di rispetto reciproco vigenti e, soprattutto, gli avevamo parlato del nostro splendido amico bipede, di quanto fosse buono con tutti: Muesli il rosso lo aveva portato a visitare le terre che Isc coltivava e con Andy lo zoppo, era stato accanto al "capanno del profumo", dove il padrone di casa produceva in piccole quantità, ottimi tomini di latte di capra e vacca e ne aveva perfino assaggiato, approfittando degli scarti lasciati apposta per chi ne volesse, in una grande ciotola di coccio. Il formaggio lo aveva tradito.

Una notte in cui aveva bighellonato da solo per il cortile, aveva stranamente trovato quel cibo succulento in gran quantità, come perso nel trasporto, sul selciato della stradina di piastrelle che portava all'imbocco del vialetto d'entrata.

Senza pensarci troppo, Nut si era messo a mangiare voracemente, passando da un bocconcino all'altro, finché aveva sentito un tonfo sordo dietro di lui e si era trovato come in un incubo ripetuto, chiuso in una gabbia di ferro.

Preso dal panico si era divincolato selvaggiamente, rendendosi ben presto conto che non ne sarebbe uscito.

Era rimasto solo e disperato fino al mattino, quando Isc e noi, i suoi gatti (gli unici non umani a dormire in casa), eravamo comparsi facendoglisi attorno.

'Cosa abbiamo qui?' aveva chiesto Isc con una domanda retorica, sollevando la gabbia.

Nut non gli aveva certo risposto: aveva agganciato il lato delle sbarre rivolto verso il suo viso, con le sue poderose unghie e si era messo a soffiare con tutta la sua forza, digrignando i denti per mostrare a quel predatore bipede, quanto potesse essere letale.

In realtà si era rivolto verso di noi sibilando "gatti traditori mi avete incastrato".

Isc invece di ritrarsi aveva sorriso: 'un castorino' aveva detto rivolto a noi felini, poi lo aveva portato nella stalla e lì l'aveva introdotto in una gabbia molto ampia, posta sul fondo dello stanzone, nei pressi del ricovero dell'asinello e lo aveva lasciato da solo, dopo avergli rifornito di cibi prelibati e molta acqua. Prima di andarsene gli aveva sussurrato 'non temere Nut, non ti succederà nulla e quando ti abituerai potrai tornare libero...'

I giorni erano passati. Con noi non aveva più voluto parlare, nonostante avessimo cercato a più riprese di fargli capire che non i gatti, ma i vistosi scavi, cui non aveva saputo rinunciare, lo avevano tradito.

Isc non lo aveva mai lasciato solo a lungo, recandogli leccornie per distrarlo dalla cattività forzata e per fare amicizia.

Al suo sopraggiungere, Nut, ogni volta aveva soffiato e soffiato, poi soffiato meno, poi non più del tutto, finché un giorno l'uomo era arrivato con un uovo fritto in segno di pace e il castoro si era avvicinato e aveva preso il cibo dalla sua mano attraverso le sbarre.

Man mano che si era calmato, anche noi gatti eravamo tornati a trovarlo, dapprima solo per osservarlo in silenzio, poi ricominciando a parlargli.

Quando Siam la Saggia gli aveva spiegato che quello era il posto dove Isc ospitava i "selvatici" da curare o solo per abituarli alla sua presenza e gli aveva assicurato che, se avesse fatto amicizia con lui avrebbe potuto restare libero, in quell'angolo di mondo sicuro, servito e riverito, senza che nulla gli fosse chiesto in cambio, allora Nut aveva compreso, si era fidato e aveva ricominciato a dialogare con noi.

In quelle lunghe ore della sua prigionia temporanea, ci eravamo raccontat le rispettive storie di vita: lui della sua triste infanzia di pelliccia ambulante e noi delle nostre molteplici disavventure di gatti randagi.

Quando Isc era tornato da lui ancora una volta con spirito di mediazione e cioè con una pannocchia verde e dolce, Nut consigliato in segreto dalla decana dei gatti, aveva avvicinato il suo grande naso umido alla mano dell'uomo e l'aveva sfiorata senza fare il gesto di morderlo.

Isc era rimasto immobile e muto a godere di quel contatto, poi si era alzato, aveva fatto uscire tutti noi animali dalla stalla e aveva chiuso le porte.

Era tornato da lui, inginocchiandosi accanto la gabbia e lo aveva chiamato: 'vieni Nut, è giunto il momento'.

Aveva aperto un poco lo sportello e aveva atteso che si avvicinasse di nuovo, cosa che il castoro aveva fatto seppur con circospezione, un poco per volta, finché non aveva avuto la sua mano priva di guanto sulla testa.

Isc lo aveva accarezzato dolcemente sussurrandogli 'come sei morbido' e Nut aveva capito.

Di lì in avanti la strada del loro rapporto era stata tutta in discesa, tanto che una mattina Isc era giunto con le solite leccornie, ma invece di servirgliele in quella che ormai Nut aveva preso a considerare la sua casa, le aveva appoggiate fuori e aveva spalancato la porta della gabbia invitandolo a uscire e rendendogli noto che era libero, che se avesse voluto vivere lì sarebbe bastato che fosse tornato.

Non se n'era certo andato.

La sua routine era divenuta dolce.

Si nascondeva al caldo del giorno sotto i sassi o nei cespugli, nuotava nel laghetto che Isc aveva approntato apposta per lui e per tutte le tartarughe d'acqua che raccattava in giro, ma verso sera dopo la sua cena, si presentava alla sua porta per tenergli compagnia.

Bussava grattando lo stipite con le unghie e Isc usciva accompagnato da noi, il suo stuolo di gatti.

Con qualsiasi temperatura, si sedeva sotto il portico: Nut si crogiolava ai suoi piedi lasciando che gli grattasse la pancia e lo carezzasse su tutto il pelo morbido e lucido per i bagni nell'acqua pulita.

Giocavamo insieme, gatti e nutria, per far ridere l'uomo buono e finita la sarabanda buffa, Isc si concedeva una fumatina di pipa, ci serviva dolcetti o pezzetti di pane coll'olio e ci raccontava della sua vita.

Narrava della sua gioventù, della guerra, dei campi di concentramento nazisti.

Come tutti i vecchi si ripeteva e ogni volta che raccontava la stessa storia, aggiungeva nuovi particolari che affioravano alla sua mente logorata dal tempo e dall'usura o dalla fantasia. 'Vedete miei cari' diceva stando attento a parlare con parole semplici, in modo che noi animali capissimo 'quando ero piccolo, molto piccolo, un giorno sono arrivati a casa nostra dei tipi cattivi, vestiti in divisa, ci hanno preso tutti, mio padre, mia madre, mia sorella, i miei nonni, me, i nostri vicini... tutti, tutti e ci hanno portati via su un treno... tu sai cos'è un treno, Nut? E tu, dolce Stella, dai baffi d'argento, tu sai cos'è un treno?' E quando ci rivolgeva una domanda, Nut dondolava e noi gatti ronfavamo d'assenso, felici delle sue attenzioni, così lui continuava 'Bene, un treno! Ci hanno caricati su un treno e ci hanno portato in un posto molto, molto lontano, da cui sono tornato solo io...

Era un posto orribile pieno di recinti alti, al cui interno c'erano lunghi capannoni e noi avevamo pochissimo spazio per vivere. I maschi erano divisi dalle femmine e perciò quando ci hanno fatti scendere dal treno, prima di rinchiuderci nelle "gabbie" ci hanno divisi, me, mio padre e mio nonno da una parte, e le donne della mia famiglia dall'altra... non le ho più riviste sai, Nut? Ero solo un bambino e quasi non ricordo che faccia avesse mia madre, ma rammento bene la sua voce... l'ultima volta che l'ho sentita, urlava disperatamente e combatteva con le unghie e con i denti perché non mi strappassero a lei e quegli uomini in divisa... le loro faccie... i loro sorrisi sguaiati, l'odore del loro sudore, misto a quello della polvere da sparo... non dimenticherò mai, come non dimenticherò mai la mattanza... Venivano, di notte e di giorno, prendevano quelli di noi che sceglievano, se erano di razza ebrea non li vedevamo quasi mai morire, perché li portavano via a gruppi, dicendo che si dovevano lavare i pidocchi, sapete miei gatti? I pidocchi, già… salvo che i pidocchi erano loro e quegli assassini ridevano di quel macabro doppio senso, intanto li sceglievano e li portavano via e nessuno mai tornava…

Se fossero stati prigionieri politici come mio padre, quelli li avremmo veduti morire, miei cari animali… eccome…

Li prendevano, ci giocavano un po' torturandoli, come fate voi gatti per natura con i topi e, quando erano prossimi alla fine, li portavano sul piazzale, radunavano tutti noi e li fucilavano in modo che potessimo vedere tutto e vivessimo nel terrore… Vivessimo… già… come se quella fosse vita…

Ho visto morire tutti intorno a me, tutti i miei famigliari, tutti quelli che conoscevo, io mi sono salvato perché ero un bambino piccolo, biondo e con una bella vocina.

Il giorno che hanno fucilato mio padre davanti a me, il comandante del campo mi ha chiamato perché cantassi davanti ai suoi ospiti e io avevo solo voglia di piangere, ma sapevo che cantando mi sarei salvato la vita per un altro giorno e allora avevo raccolto tutte le mie forze, mi ero concentrato solo sulla musica e avevo gorgheggiato, con la mia voce bianca di fanciullo disperato, avevo cantato più intonato e più forte che mai, sperando che la mia voce arrivasse al cielo e che se ci fosse un dio, quel dio di cui mi aveva sempre parlato mia madre, che si ridestasse dal sonno profondo in cui era caduto e fermasse, quello scempio incommensurabile…

Ebbene miei cari animali, io non so se fosse stata davvero la mia voce… ma il giorno seguente a quello in cui avevano ucciso mio padre, era iniziato il fuggi, fuggi di quegli abietti e dopo molte ore altri uomini con altre divise avevano spalancato le porte delle gabbie e io ero fuggito, senza fermarmi finché non avevo perso il respiro e la memoria.

Quando ero tornato a casa, la città mi era parsa bella come non l'avevo mai veduta.

Perfino le sue rovine, la mia cascina distrutta, il ricordo del tradimento di alcuni nostri conoscentie della nostra deportazione erano mitigati nella mia mente: lo spirito di sopravvivenza mi ha costretto a lenire l'orrore, il risentimento e avevo deciso di rimanere a discapito di tutto. Capite perché qui non ci sono gabbie?' ci chiedeva ogni volta…

Nut dondolava e gli rispondeva soffiando amabilmente 'Certo Isc' ti capisco più di quanto tu possa immaginare'. Tutti noi lo sapevamo.

Certo Isc non poteva immaginare che Nut una nutria e lui un uomo, avessero vissuto in tempi diversi, in mondi diversi la stessa agghiacciante esperienza dell'erebo in terra.

XI Racconto

C'era una volta nell'anno 1975…

"Il gatto di piombo"

Io mi chiamavo Iskra, ero un gatto nero e proletario ed ero divenuto un randagio molto tempo prima dell'avventura che sto per raccontarvi e che è la mia esclusiva versione dei fatti, di una storia di uomini tutti perdenti.

Non userò i nomi veri delle persone e dei luoghi coinvolti, un po' per pietà dei morti, un po' perché è un passato troppo recente e ancora troppo oscuro e doloroso, per tutte le parti coinvolte.

Ero nato in una fattoria di un posto che chiameremo Frazione Rondello, posta su una ridente collina del nord Italia e vi avevo vissuto per un po' di tempo, ma il ruolo del gatto da cortile non aveva mai fatto per me.

Io ero un'anima libera e un grande cacciatore.

La mia passione erano gli spazi aperti della campagna boscosa, le lotte di classe per il territorio e l'amore libero: d'altronde erano gli anni Settanta per tutti…

Se fossi stato un uomo, il mio guru sarebbe stato Jack Kerouac: bighellonavo percorrendo infinite miglia di strada, vivevo di espropri, presso le abitazioni degli uomini ricchi e di battaglie con altri maschi per una gatta, oltre che di caccia spietata.

Ero un predatore esperto, agile e fulmineo e un essere intelligente e fisicamente dotato ed essendo la selvaggina un bene di tutti, ne approfittavo abbondantemente, concedendomi pranzi luculliani, ora a base di merli, ora di tortore, ora di piccoli fagiani e perfino di cuccioli di lepre.

Per effettuare battute proficue, dovevo coprire molto territorio ed era stato durante una delle mie perlustrazioni venatorie, che avevo scoperto la "Casotta", una bella cascina apparentemente disabitata, posta sul dorso scosceso di una collina molto verde, con ottima vista, via d'accesso controllabile, un luogo tranquillo lontano da altre case, protetto di boscaglia tutt'intorno, il posto ideale per nascondersi insomma.

Mi era sembrata subito un ottimo rifugio e l'avevo eletta a base, cui far ritorno la sera, stanco e soddisfatto per aver vissuto un altro giorno in maniera libera e alternativa e così avevo abbandonato per sempre l fattoria e la vita tradizionalista. Forse proprio per le caratteristiche dell casa, anche quei due giovani l'avevano scelta, acquistandola a mi insaputa, tre anni prima, senza neppure discuterne il prezzo con proprietari. Non avevo capito chi fossero.

In effetti, per parecchio tempo, li avevo visti andare e venire senz attardarsi mai troppo e avevo pensato che fossero semplicement una copia di sposi novelli, con pochi soldi che stavano approntand poco per volta il loro nido d'amore. Arrivavano di tanto in tanto trasportando oggetti, piccoli mobili, generi alimentari a lung conservazione e solo verso la fine tragica della nostra storia, durata pe un breve, infinito batter d'ali di gufo, si erano insediati in quella ch consideravo a pieno diritto, la mia tana, ma erano sempre sta discreti, riservati, piacevolmente silenziosi per essere degli uomin Nonostante la nuova presenza d'intrusi, non avevo desistit dall'utilizzare la "Casotta" come campo base: avevo continuato a tornar a dormire nella legnaia, senza mai farmi notare, arrivando la ser tardi e andandomene il mattino presto.

Ma la clandestinità non dura in eterno, se si indugia troppo a lungo in un posto.

La prima notte che i ragazzi avevano dormìto lì, avevo fatto maldestramente rumore, facendo cadere il coperchio di una pentola che era stato appoggiato a mia insaputa alla vecchia seggiola su cui saltavo per entrare,

Il giovane uomo, che chiamerò Mandricardo, col fare prudente di un vigile lupo, era uscito per controllare e mi aveva scoperto. Il giorno successivo, la ragazza che chiamerò Doralice, si era alzata di buon'ora. Era uscita dalla porta stiracchiandosi beata, alla frescura del mattino e mi aveva portato una ciotola di latte.

Da quel momento, eravamo diventati compagni.

Nei pochi giorni che avevano preceduto la nostra fine, quei due giovani intellettuali, affascinanti, che sentivano spesso la radio, che leggevano molti giornali, che vivevano umilmente gioendo insieme di un fiore sbocciato e che canticchiavano canzoni d'amore e di resistenza, erano stati la mia famiglia, l'unica che avessi avuto, dacché ero stato svezzato da mia madre.

Forse proprio perché tutto era capitato in maniera così assurdamente repentina, perché mi ero imperscrutabilmente fidato di loro ed eravamo divenuti tanto intimi e la vita mi era parsa tanto piena d'amore, d'armonia, di pace e di bellezza, non avevo compreso chi fossero, almeno finché era successo quell'evento terribile che mi aveva aperto gli occhi, disorientato e alla fine ucciso.

La sera precedente lo scontro, ero tornato più tardi del solito e al posto dei composti rumori famigliari all'interno della casa, avevo sentito battibecchi di voci concitate, di cui due sconosciute.

Il tramestio era durato per un po', poi tutti si erano zittiti e solo un lamento lugubre era rimasto a cullare il silenzio della notte. Per la prima volta mi ero sentito poco sicuro nella mia tana e preso da agitazione, mi ero aggirato furtivo per il giardino, cercando il modo di entrare in casa per capire cosa stessero facendo i miei compagni.

Perlustrando il perimetro avevo scoperto che una delle finestre del lato nord era rimasta socchiusa, così ero passato attraverso l'inferriata e mi ero calato nella stanza buia, arredata di poche cose.

Avevo annusato tutto, marcato di urina uno dei mobili per abitudine e senza indugiare mi ero diretto su per la scala che portava al piano superiore.

Fuori da una delle stanze, un giovane uomo a me sconosciuto, dormiva accasciato su una seggiola, imbracciando un tubo lucente dall'odor di ferro e olio, simile a quello che avevo visto una volta in mano a un contadino, in procinto di partire per una battuta di caccia, assieme ad altri uomini minacciosi e cani sbavanti e puzzolenti, trattenuti al guinzaglio per contenerne la foga.

Avevo girato intorno all'armato dormiente, facendo attenzione a non destarlo, ero entrato dalla porta accostata, nella stanza semi buia e avevo visto l'essere da cui provenivano i mormorii lamentosi: un altro uomo che non c'era mai stato prima, coricato su un fianco sopra una branda nuda, con le mani dietro la schiena e un nastro adesivo sulla bocca a impedirgli di emettere versi.

Dato che la curiosità è gatto, non me n'ero andato subito.

Ero salito sul pagliericcio accanto a lui, gli avevo gironzolato intorno e mi ero accorto che era stato legato.

Mi avevano sempre messo molta tristezza gli animali incatenati alle greppie nella fattoria e, per questo, mi ero sentito in dovere di dargli un segno di solidarietà, strusciandomi alle sue spalle. Aveva l'odore della paura.

Ero rimasto per un po' a tenergli compagnia e lui aveva smesso di mugolare, poi alle prime avvisaglie del risveglio dei ragazzi mi ero dileguato ed ero tornato alla mia legnaia.

Quella mattina non mi ero svegliato di buon'o r a , com'era di mia abitudine.

Avevo dormito a lungo, finché non ero stato buttato giù dal mio covo caldo, dal rumore sospetto di un motore molto vicino alla casa.

Un'auto si era avvicinata lentamente e si era fermata sul retro e due uomini dalla livrea scura come i corvi, ne erano scesi.

Senza sospettare nulla in realtà, avevo sentito odor di pericolo: avevo annusato l'aria e avevo sentito lo stesso, strano odore di piombo e olio che la sera prima avevo avvertito provenire dal tubo di ferro dello sconosciuto addormentato.

Subito mi ero allontanato ed ero andato a rintanarmi in un cespuglio poco discosto dal giardino, che mi permetteva di vedere la casa.

Uno degli uomini-corvo aveva bussato all'uscio.

Nell'istante in cui avevo sentito il toc-toc delle sue nocche, c'era stato un boato e avevo visto la porta di casa volare via.

Intanto erano sopraggiunti altri uomini-corvo, i miei ragazzi erano corsi fuori ed era scoppiato un incredibile parapiglia di urla e botti, simili agli scoppi dei petardi lanciati sull'aia dai figli del fattore,per spaventare le oche.

Terrorizzato mi ero schiacciato per terra, il muso nascosto fra le zampe.

Ero rimasto così, paralizzato e inerme, finché la situazione si era calmata:

solo allora avevo di nuovo tirato su la testa e avevo guardato.

Avevo visto uno sfacelo di cose rotte e sparse dappertutto e di sangue versato a colorare di disperazione e rovina, l'aia placida della "Casotta".

C'erano uomini feriti, uno steso a terra che pareva morto, nessun segno del giovane uomo Mandricardo e dell'altro sconosciuto.

La ragazza Doralice, abbandonata dai suoi compagni, era ferita, inginocchiata sul prato della cascina, le braccia alzate e incrociate dietro la testa, il suo viso bello, livido e serio.

Un solo uomo-corvo era ancora in piedi, incolume e si faceva forte di aver catturato Doralice: le stava sopra, le parlava duramente e di tanto in tanto la colpiva con il bastone che sputava fuoco.

Lei non emetteva un lamento e non diceva una parola, altera e valorosa come la dea dei gatti.

Io potevo respirare il furore dell'uomo, che era di una dissonanza assurda in quel luogo di quiete, in cui normalmente, solo gli uccelli si sentivano cantare, accompagnati dal fruscio delle fronde degli alberi spontanei, scossi dal vento.

Dalla mia posizione, potevo vedere e sentire tutto, ma una cosa mi colpiva sopra ogni altra, non permettendomi di distogliere l'attenzione: gli occhi dardeggianti della ragazza e la sua maschera di coraggio e sprezzo del pericolo rivolta agli insulti e alle minacce che le venivano dispensate.

Non so quanti minuti erano passati in quello stallo tragico e surreale, ma so che a un certo punto lei mi aveva visto.

Aveva sgranato gli occhi e si era soffiata via un ciuffo di capelli dalla fronte, mi aveva sorriso di un sorriso che all'uomo-corvo doveva essere sembrato fuori luogo e di sfida, poi si era girata verso di lui, che continuava a chiamarla "puttana comunista" e gli aveva sputato addosso.

Allora, come se la terra avesse smesso di girare su sé stessa, il tempo si era fermato: l'uomo aveva girato il bastone che sputava fuoco contro di lei e si era sentito un colpo secco.

La ragazza Doralice era rimasta un attimo immobile, nella stessa posizione, gli occhi le si erano velati di nulla e un rivolo di sangue era stillato da sotto l'ascella, all'altezza del seno sinistro.

Quando era crollata al suolo, io ero balzato fuori dal cespuglio correndo verso di lei e l'uomo-corvo, senza neppure guardare a cosa stesse sparando, si era girato fulmineo e aveva esploso un altro colpo contro di me.

Senza più riuscire a muovermi, raccogliendo le ultime forze, avevo soffiato e rizzato il pelo, rendendo onore al mio spirito libero e rivoluzionario fino alla fine e avevo miagolato, urlando di esaltazione "Che mille braccia si protendano per raccogliere il suo fucile!"

Nessuno degli umani aveva colto le mie parole: "Cazzo di un gatto nero", era stata l'ultima cosa che avevo sentito dire morendo, sotto l'improbabile vessillo della lotta armata dei miei formidabili anni.

XII Racconto

C'era una volta nell' anno 1985...

"Il gatto e il Gatto"

Lo chiamavano il Gatto ma non era simile a me, né per fattezze fisiche né per agilità, né per spietatezza nel catturare le sue prede: era un erectus.

Mi piaceva molto sebbene mi facesse un po' paura, almeno all'inizio della nostra storia.

Lo avevo incontrato in una notte di pioggia, io perduto in quel quartiere periferico della grande città, fradicio d'acqua e impaurito, lui perduto, fradicio d'acqua e impaurente.

Al suo passaggio un palpito d'allarme mi aveva fatto vibrare i baffi.

Mi ero fatto piccino e muto, in modo che non si accorgesse di me, ma avevo continuato a fissarlo senza poterne fare a meno e i miei occhi avevano tradito la mia presenza, abbagliati dai fari di un'auto in transito. Egli si era limitato a girare leggermente il capo, sfiorandomi di una fuggevole occhiata, poi aveva continuato la sua strada con il passo strascicato di uomo stanco.

Avevo tirato un sospiro di sollievo misto a un'insana delusione, quando improvvisamente, come leggendomi nel pensiero, lui si era voltato ed era tornato indietro.

Fermatosi all'altezza della saracinesca contro cui ero rimpiattato, si era chinato e mi aveva agguantato con una mano sola stringendomi l'intero corpo fino a levarmi il respiro.

Mi aveva sollevato all'altezza del suo viso e mi aveva guardato attentamente senza proferire parola.

Io non gli avevo dato la soddisfazione di mostrargli la paura che mi arricciava fino all'ultimo pelo della coda e gli avevo restituito lo sguardo accigliato.

Avevo potuto constatare che metà della sua faccia era coperta da un lungo ciuffo scuro, che gli scendeva dalla sommità del capo, ma il solo occhio verde in cui mi potevo riflettere, era triste e stanco come la sua andatura e il suo abbigliamento.

Non mi aveva detto nulla, anzi: se ben ricordo, in questi quattro anni di vita in comune, non era stato un gran chiacchierone.

Fin dal primo momento avevo capito che non era uguale agli altri animali della sua specie.

Gli erectus che mi era capitato di osservare prima di andare a stare con lui, avevano una tana che era sempre la stessa, una femmina pingue e querula, dei piccoli orribilmente spelacchiati e gemebondi, spesso accompagnati da un lupo, tenuto da una corda e un grosso carro lucido per muoversi, sempre le stesse abitudini di vita ed erano chiassosi e confusionari: lui no.

Era solo come me, silenzioso come me, invisibile come me. Le sue abitudini erano quelle di un gatto ramingo di città.

Usciva ogni giorno, di primo pomeriggio e tornava a notte fonda.

Cambiavamo spesso covile e tutti i posti dove ci fermavamo per poco tempo, avevano le stesse caratteristiche: erano maleodoranti e l'arredamento era consunto e trasandato.

Il bagaglio dei nostri continui traslochi consisteva in una valigia in cuoio che non veniva mai disfatta: dentro i suoi pochi abiti, un paio di scarpe e uno spazzolino da denti e a essa si accompagnava una grande sacca sportiva che, a sua volta, conteneva una valigetta rigida, nera, sempre chiusa a chiave, la mia mini cassettina dei bisogni, le mie ciotole e qualche scatoletta di carne, per le mie emergenze alimentari.

Il Gatto aveva costantemente un carro lucido di quelli che gli erectus chiamano macchina, ma mai sempre la stessa: le cambiava al ritmo delle nostre camere d'albergo.

Quando arrivavamo in un posto nuovo, lui affittava la stanza e solo dopo aver avuto le chiavi in mano, scaricava i bagagli. Ovviamente nessuno di quei motel di infima categoria accettava animali, così mi faceva entrare di nascosto, infilato nel suo lungo impermeabile nero, in una tasca che si era appositamente cucito all'altezza della vita.

Il meccanismo era sempre lo stesso ed era efficace.

Lui veniva, mi prelevava dal sedile su cui viaggiavo accoccolato, io sapevo che dovevo stare immobile fino a che non avesse aperto la falda del pastrano per farmi scendere e quando ci eravamo finalmente chiusi la porta dietro alle spalle, mi faceva uscire e mi sorrideva portandosi un dito al naso in segno di silenzio, come una simpatica canaglia di bambino, che avesse appena commesso una marachella.

La nostra era solo apparentemente una vita squallida e senza meta.

Qualsiasi cosa facesse per portare a casa pranzo e cena, si prendeva cura di me ed era perfino affettuoso in certi momenti. Mi lasciava cibo, acqua fresca e una lettiera pulita tutti i giorni prima di uscire e quando tornava la notte, non andava mai a dormire senza carezzarmi e accertarsi che avessi mangiato.

A volte stava a casa con me per tutta la giornata; dormiva fino a tardi la mattina, preparava il pranzo, guardava un po' di televisione e verso le sei di sera tirava fuori la sua scatola nera, l'apriva e ne ammirava il contenuto carezzandolo per un po' con la punta delle dita.

Ne estraeva un aggeggio nero, freddo e, in quell'occasione, emetteva uno dei pochi suoni articolati che gli sentissi uscire dalla bocca "complimenti, Mrs. Glock", "complimenti…" ripeteva.

Io e quella cosa eravamo gli unici catalizzatori della sua attenzione e si prendeva decisamente cura di entrambi.

A me lisciava il pelo e dava da mangiare, mentre Mrs. Glock veniva smontata e accuratamente lustrata in tutti i suoi pezzi e cosparsa nei suoi meccanismi di un liquido oleoso dall'odore pungente.

La differenza fra noi era che, con me dormiva abbracciato, con lei usciva troppo spesso per i miei gusti.

Non che ne fossi geloso intendiamoci: Mrs. Glock non faceva le fusa, né gli si strusciava, né poteva saltargli in braccio, eppure quel suo muso allungato e quel corpo rigido che gli stava tutto in una mano, non mi piaceva.

Il Gatto a parte Mrs. Glock non aveva una femmina.

L'unica volta che ne avevo vista una con lui, era stato una notte di Natale, in un motel più squallido del solito, in uno dei giorni che non aveva avuto impegni con Mrs. Glock.

Era uscito verso le sette di sera a comprare qualcosa da mangiare ed era tornato un'oretta più tardi, con due buste di carta del ristorante cinese in una mano e una femmina della sua specie dall'altra.

Non le aveva rivolto la parola, se non per dirle bruscamente di spogliarsi e di aspettarlo.

Aveva tirato fuori dal sacchetto uno scartoccio di gamberetti fritti, si era chinato e me lo aveva porto, carezzandomi la testa.

Mi aveva strizzato l'occhio, sorridendomi complice e mi aveva sussurrato di stare buono e di farmi un felice Natale, poi si era lanciato su quella femmina dall'odore dolciastro e dozzinale, rotolandola selvaggiamente sul nostro giaciglio e per la prima volta avevo capito dai suoi mugolii che potevamo essere più simili di quanto pensassi.

In fondo ce la spassavamo: eravamo due scapoli, liberi e randagi e se qualcuno mi avesse chiesto cosa avrei preferito fare potendo scegliere, avrei detto che quella era la miglior vita possibile e l'avrei voluta mia per sempre, insieme a lui naturalmente.

Lo pensavo anche quell'ultima sera.

Per cena mi aveva servito pollo fritto, poi mi aveva invitato sulla sua poltrona, finché qualcuno aveva bussato alla porta.

Il tempo si era fermato. Il Gatto aveva indugiato.

Mi era sembrato strano.

Si era sollevato il ciuffo dalla fronte e mi aveva fatto il solito cenno di silenzio col dito.

Lo avevo visto roteare gli occhi e per la prima volta non mi era sembrato il predatore feroce che era, ma un animale da fuga. Avevo visto delle gocce di qualcosa simile alla rugiada, imperlargli la fronte e avevo potuto fiutare l'odore della paura, emanare dal suo corpo teso e vibrante di adrenalina e terrore. Prima di dirigersi all'uscio mi aveva infilato nella tasca dell'impermeabile, facendomi ancora segno di tacere e poi lo aveva appeso al chiodo nell'intento di proteggermi.

Non avevo potuto vedere la rapida successione degli eventi, ma sapevo che era andato ad aprire al suo destino, in compagnia di Mrs. Glock.

C'era stato trambusto.

Altri erectus erano entrati rumorosamente nella nostra topaia ed erano stati esplosi colpi sordi e lanciate grida, poi era stato il silenzio.

Avevo atteso per un po', con il cuore in gola e il fiato corto.

Nel parapiglia generale qualcuno doveva aver sbattuto contro l'impermeabile colpendomi a un'anca con un osso appuntito tipo un gomito di erectus e mi aveva fatto male.

Male, sì, ma nulla di grave, almeno così avevo pensato, finché non era tornata la calma e avevo cercato di uscire dal nascondiglio in cui mi aveva riposto il Gatto.

Solo cercando di muovermi mi ero accorto di non essere in grado di farlo.

Il male si era trasformato in un dolore insopportabile alle zampe posteriori e allora avevo pensato di essere stato schiacciato molto forte da un uomo greve, come quella volta che dormendo un po' troppo avvinghiati, il Gatto si era girato nel sonno, seppellendomi sotto i suoi quasi ottanta chili di peso. Aggrappandomi con tutte le mie unghie a questa convinzione e alla stoffa della fodera, ero scivolato fuori, cadendo pesantemente sul pavimento e solo allora avevo capito.

Avevo guardato il Gatto steso a terra in una pozza di liquido scuro, il torace e la gola penetrate dalle gocce d'acciaio di qualche altra Mrs Glock e quando mi ero voltato per capire cosa mi dolesse tanto in fondo alla coda, mi ero visto zuppo dello stesso fluido e avevo davvero capito.

Avevo miagolato forte, tanto forte come nessuno mi aveva mai sentito e mi ero accasciato esausto, la testa rivolta a lui, ronfandogli di amore e morte, le pupille nere, grandi a nascondere come un'eclisse l'iride gialla, dilatate nell'ultimo soffio di vita.

Lui si era faticosamente trascinato accanto a me, sul pavimento, si era acciambellato e mi aveva avvinto nel suo abbraccio di sempre, restituendomi un gorgoglio di fusa moriture dalla gola squarciata: fu

agghiaccianti, così sorprendentemente uguali

XIII Racconto

C'era una volta nell' anno 1990...

"Jesse James e la bambina a rotelle"

Non capita spesso che un gatto pesi in proporzione più della sua padrona, ma fra me e Marta alla fine era stato così.

Io ero Jesse James, uno statuario Ragdoll di nove chili e mezzo, Marta uno scricciolo di bambina, che potevo tenermi sulla pancia a dormire, senza avvertirne il fardello.

Lei, al tempo del mio racconto, aveva 14 anni, ma io ero arrivato cucciolo nella sua vita, in regalo per il suo terzo compleanno; perciò, si poteva dire che ci conoscessimo da sempre.

Che mi ricordassi, non l'avevo mai vista avere la gaiezza e l'irrefrenabile vivacità dei bambini della sua età.

A quattro anni si muoveva già a fatica.

A cinque camminava male, non correva mai, cadeva facilmente, preferiva giocare da seduta e con il passare del tempo le sue difficoltà a muoversi erano peggiorate.

A sei mi seguiva spesso trascinandosi carponi sui bei pavimenti di marmo di casa nostra.

A sette deambulava sempre meno e, quando era in piedi e doveva raggiungere qualche posto, non azzardava mai un passo più lungo o, se doveva salire le scale, lo faceva appoggiandosi anche sui palmi delle mani, camminando a quattro zampe come un animale.

Naturalmente i suoi genitori sapevano il motivo del suo comportamento e la aiutavano il più possibile e anche io facevo la mia parte, mantenendo un contegno calmo e posato, cosa che per altro non mi è mai spiaciuto particolarmente, visto che sono un amante della vita comoda e non ho mai avuto spiccate attitudini "sportive".

Ero Marta-dipendente: lei era il centro della mia vita, il mio sole, la mia quiete, un pezzo del mio cuore.

Tutto quello che a Marta mancava nelle gambe e nelle braccia, l'aveva nel cervello: era intelligente e sveglia, a tre anni sapeva già leggere bene e a quattro scriveva ancor meglio.

Anche quando era troppo piccola perché le dessero delle spiegazioni vere sulla sua malattia, chiamata "Distrofia Muscolare di Duchenne", in cuor suo sapeva di essere diversa dagli altri bambini e soprattutto avvertiva di avere poco tempo a disposizione per bruciare la sua candela.

Non era certo una ragazzina remissiva, disposta a vivere un'esistenza da pecora: era determinata e positiva e questo la rendeva adorabile e un esempio per tutti quelli che aveva intorno.

Io e lei eravamo una cosa sola e non pensavo davvero che un giorno avrebbe potuto finire.

A nove anni la sua condizione era precipitata.

L'aggravamento della malattia era stato molto più repentino dello standard e di quello che i medici avevano previsto e lei non era più riuscita del tutto a camminare e le era diventato faticoso anche tenere le cose in mano, per questo le avevano comprato una sedia a rotelle e un computer per scrivere, ma Marta non aveva rinunciato ad andare a scuola, né a incontrare gli amici o a giocare con me.

Semplicemente aveva adattato il suo modo di vivere alle nuove condizioni di salute.

L'unica cosa che aveva preteso dal mondo era stata di avermi sempre con se, anche fuori casa, come se temesse di rimanere da sola: "tu sei il mio talismano Jesse, con i tuoi occhi che hanno dentro le stelle e il mare, allontani gli spiriti cattivi!

Ho letto questa cosa dei gatti su un libro, sai?" mi diceva convinta e io annuivo felice, rivolgendole alte fusa e pigiando il pavimento con le mie grandi zampe piumose.

Ero grato alla Dea dei gatti, di essere all'altezza del compito che mi veniva affidato: avevo imparato a portare il collare e il guinzaglio fin da piccolo, per questo, in deroga alle leggi scolastiche, l'accompagnavo in classe, la seguivo quando andava a fare le sedute private di fisioterapia e ovunque, quando i genitori la portavano in gita o a far compere, aspettandola paziente, silenzioso e devoto, come un'ombra indissolubilmente legata a quel povero corpo impotente.

Ero un gatto molto invidiabile.

Nessuno era indispensabile al mondo come lo ero io per Marta, che pensava di essere una ragazza fortunata, che era l'ottimismo fatto persona, che amava la vita e che riusciva a godersela nonostante le sue condizioni di "bambina a rotelle". A riprova di questo vi dirò che era anche molto vanitosa: amava avere vestiti graziosi, accessori alla moda, borsette, scarpe, cappellini e monili all'ultimo grido, perfino la sua sedia a rotelle era vezzosa e aveva la possibilità di cambiare i copri cerchioni delle ruote a seconda del colore in cui decideva di vestirsi.

Le piaceva anche che io avessi abbinati a lei, collari e guinzagli e insieme eravamo davvero strepitosi.

Era molto femminile, ma si interessava di tutto.

Le piacevano molto gli sport: seguiva in televisione il nuoto, il tennis, la pallavolo e il calcio non lo vedeva solo in video, ma anche allo stadio, dove suo padre la portava in braccio, per permetterle di tifare per la sua squadra del cuore.

A quattordici anni, non camminava più e muoveva a fatica le braccia, ma per mille ragioni piaceva a tutti e aveva perfino uno spasimante, un compagno di scuola carino, che si intratteneva a lungo con lei, così seducente e amabile, nonostante quel fisico distrutto e la sua scarsa aspettativa di vita.

Una volta le aveva perfino dato un bacio sulla bocca, chiedendole se volesse essere la sua ragazza per sempre...

Ma lei era mia.

La cosa che mi piaceva di più personalmente, era passare la sera da solo con Marta.

Quando la sua giornata traboccante di impegni, finalmente si stemperava nella quiete pacifica dell'imbrunire, la mettevano a letto e io la raggiungevo coricandomi in posizione fetale di fronte a lei, con la testa sul cuscino, in modo da poterla guardare in volto.

Messi così, facevamo un gioco strano, che di solito fanno i bambini piccoli: a turno allungavamo lei una mano, io una zampa e ci toccavamo il palmo.

Marta intonava anche una filastrocca appropriata, che ripeteva più e più volte, finché le si spegneva in gola e allora fermava anche il lento movimento delle mani.

Allora, la stanchezza mortale, per essersi trascinata attraverso un'altra lunga giornata, le si leggeva in volto.

Mi stringeva lievemente una zampa con due dita; fissava a lungo il mio occhio occhiazzurro mare, come ipnotizzata, si specchiava nella mia pupilla, resa enorme dalla luce fioca della stanza e in quel momento mi diceva tutte le cose non dette.

Mi trasmetteva la sua paura e il suo dolore, urlava silenziosamente la sua rabbia per una vita negata, la sua disperazione impotente, la sua sete di giorni, di ore, di semplici minuti che, sebbene vissuti in quello stato, erano sempre meglio di niente.

Ultimamente, soprattutto da coricata, faceva fatica a respirare.

Quando si assopiva, io le stavo accanto, ascoltando uno dopo l'altro i battiti irregolari del suo cuore, sperando che arrivasse l'alba per vederla svegliarsi ancora una volta, per vivere un altro giorno con lei, mia luce, senso della mia esistenza, mia divinità senza tempo.

Era stato tre giorni prima che compisse quindici anni, che ascoltando il suo respiro faticoso, mi ero incomprensibilmente distratto e addormentato al suo fianco.

Quella notte lei mi aveva svegliato di soprassalto. L'avevo vista in piedi di fronte a me ed ero trasecolato.

"Balla con me, Jesse James", mi aveva detto con uno smisurato sorriso, poi si era mossa danzando piano intorno al letto, con la leggerezza di una farfalla.

Io avevo spostato lo sguardo sulla sedia a rotelle abbandonata in un angolo della stanza e, incredulo, l'avevo seguita per tutta la casa, lei sempre più veloce, dietro quel ritmo crescente, in quella specie di sirtaki divenuto vorticoso e liberatore.

Io e lei eravamo una cosa sola e non pensavo davvero che un giorno avrebbe potuto finire, né che il giorno successivo il nostro sogno di libertà, mi sarei dovuto svegliare e questa è la mia storia.

XIV Racconto

C'era una volta nell' anno 1999...

"Lady Hera e la notte senza giorno"

"Un collare ha, povvera bestia... sopra c'è il suo nome, forse... Laddy Hera si chiama".

Queste parole pronunciate con uno strano accento sconosciuto, insieme alla visione dei suoi stivali alti e neri, sono l'ultima cosa che ricordo, prima di risvegliarmi in un commissariato di polizia.

Ma cominciamo dal principio: io ero Lady Hera, una bella gatta persiana color champagne, con tanto di pedigree e vivevo in una città della grande pianura Padana, presso la benestante casa di un medico chirurgo.

Ero stata regalata per Natale alla moglie del luminare e, nell'estate del '99, avevo circa un anno di vita.

La mia avventura era iniziata mercoledì 11 agosto, un giorno prodigioso che non avrei più dimenticato.

La famiglia aveva preparato i bagagli e alle cinque di mattina aveva caricato tutto in auto, per raggiungere l'aeroporto, me compresa, nel mio trasportino imbottito e ornato di trine e merletti.

Eravamo partiti, avevamo imboccato l'autostrada e avevamo percorso molti chilometri quando il Padrone aveva fermato l'auto in una piazzola di servizio.

Nessuno era sceso dal mezzo tranne lui, che aveva aperto il bagagliaio e, con aria circospetta, aveva scaricato il mio trasportino.

Mi aveva portato sotto un albero dell'area di sosta, aveva aperto la porticina e mi aveva lasciata uscire, poi era corso via insieme alla scatola, l'aveva ributtata velocemente sul sedile posteriore ed erano partiti a tutto gas.

Non avevo neppure avuto il tempo di capire cosa fosse successo, che non avevo più visto l'auto.

Ero rimasta per un po' sotto la pianta seduta ad aspettare che tornassero a prendermi, dicendomi che non poteva essere vero, che c'era stato sicuramente un malinteso e che di lì a poco avrei visto riapparire la station wagon.

L'auto si sarebbe fermata, la donna bionda avrebbe aperto la portiera e mi avrebbe invitato a salire, con quella sua voce rauca per il fumo e la evve moscia: "andiamo Heva, fovza, è stato uno schevzo di Filippo, sai come sono spivitosi i chivuvghi…".

E invece no.

Ormai era pieno giorno, nessuno si vedeva all'orizzonte, se non altre auto sconosciute e grandi camion e io me n'ero dovuta fare una ragione.

Nonostante il mio certificato genealogico, le coccarde vinte alle prime mostre di bellezza cui avevo partecipato nella categoria cuccioli e tutti i soldi che ero stata pagata a poco più di due mesi di vita, mi avevano abbandonata per andare in vacanza, come un qualunque gatto bastardino o un cane pulcioso e lo avevano fatto nel peggiore posto possibile e cioè in autostrada, per avere il 99% di sicurezza che non sopravvivessi alle ruote dei mezzi lanciati in piena corsa, sul nastro grigio e rettilineo che portava al sole.

Con quella certezza lugubre nel cuore, mi ero fatta coraggio e mi ero incamminata verso l'ignoto.

Non avevo più una casa dove tornare, ma neanche potevo stare per sempre nella piazzola: dovevo trovare qualcuno che, attirato dalla mia indiscutibile bellezza, mi aiutasse.

Così mi ero instradata cautamente, nello stesso senso delle auto, lungo il limitare della corsia d'emergenza, facendo attenzione a non sconfinare nella carreggiata di transito alla mia sinistra e avevo camminato, camminato, camminato…

Il sole si era fatto rovente e io avrei voluto avere sul ventre una zip, come quelle delle tute degli umani, per potermi spogliare di quell'ammasso di pelo troppo caldo e ingombrante per una maratoneta estemporanea come me.

Non avevo decisamente il fisico.

Io ero nata per rallegrare la vista dell'uomo, per stare immersa fra i cuscini di un divano di marca, per mangiare bocconcini cucinati da un gourmet.

Non avevo muscoli allenati per percorrere una strada infinita come quella e i miei polpastrelli delicati, non erano fatti per camminare sull'asfalto rovente, nella canicola estiva, inoltre il mio colore non era adatto per essere esposto troppo tempo al sole, le mie orecchie, il naso e il contorno dei miei occhi erano di un rosa tenue, facilmente scottabile e man mano che procedevo mi sudava anche l'anima, dal caldo insopportabile e dalla sete che provavo.

Che non fossi stata una gatta amata, non v'era mai stato dubbio: mi avevano acquistata come un soprammobile di gradevole aspetto e come tale m'avevano trattata in quell'anno, tanto che avevo sempre sospettato, che le loro sporadiche carezze, fossero più adatte a spolverare un oggetto prezioso, che non a produrre un gesto d'affetto.

Con questa triste presa d'atto, man mano che procedevo, mi sentivo sempre più stanca e senza forze.

La testa mi girava.

Sebbene cercassi di camminare più sul bordo possibile, sentivo lo sferzare del vento provocato dalle auto lanciate a tutta velocità e, a ogni passaggio, mi saltava il cuore per lo spavento. Quando mi trovavo a percorrere i ponti cavalcavia, la paura si raddoppiava: da una parte i motori rombanti, dall'altra il nulla. Non so quanta strada avevo percorso, quando mi ero sentita salire la febbre.

Il naso mi si era completamente asciugato e la lingua mi era diventata simile a una spugnetta rasposa: non so cos'avrei dato per trovare un po' d'acqua, ma era piena estate e non pioveva da tanto; perciò, non si poteva sperare di imbattersi neppure in una pozzanghera.

Era buffo. Io, che, quando ero in casa, non amavo bere due volte nella stessa ciotola e prediligevo dissetarmi dal rubinetto con acqua corrente e pulita, avrei leccato fango in quel momento, se me ne fosse stato dato di trovarne.

Come cambiano le prospettive nei momenti di bisogno.

La cosa più assurda, era che stavo facendo quel calvario, senza neppure sapere dove andassi o perché.

Per quanto conoscevo del mondo, poteva non esserci altro di diverso dal nastro grigio arroventato, in nessun posto che non fosse la casa dove avevo vissuto fino a poche ore prima.

Non sapevo neppure se quelle macchine tonanti, portassero sopra degli esseri umani o corressero da sole, raminghe verso il nulla, come stavo facendo io.

Iniziavo ad avere anche i miraggi.

Mi pareva che di lontano, l'asfalto si trasformasse in distesa d'acqua e acceleravo il passo per raggiungere l'agognato specchio, ma non vi arrivavo mai.

Anche quello si spostava con me, come se mi facesse uno scherzo perverso e io sapevo che non avevo più molta vita, per stare a quella beffa crudele della natura.

In preda al delirio ormai, a un certo punto, mi era successa una cosa ancor più strana: il giorno non era più stato giorno.

Il mio orologio biologico interno segnava le undici appena passate, quando era iniziato quello strano fenomeno.

La luna, dea dei gatti, era tornata senza aspettare l'imbrunire e aveva iniziato a oscurare il disco di fuoco.

Dapprima avevo pensato che fosse un altro miraggio, come quello del lago sull'asfalto, ma dopo quasi un'ora, il cielo si era oscurato   per tutti e c'era stato un silenzio pauroso e inenarrabile.

Non si sentiva più alcun rumore nella natura circostante.

Gli uccelli si erano fatti muti, gli insetti avevano smesso i loro versi, gli uomini si erano fermati.

Tutto sembrava aver trattenuto il respiro, gli alberi, il cielo, la terra, tutto sospeso in una staticità di tempo e di spazio mai visti.

Quando il grande disco infuocato era stato una falce sottile, avvinta dallo sfiancamento e dall'incanto mistico, mi ero lasciata andare.

Mi era sembrato un momento perfetto e unico per morire, decisamente conveniente alla bellezza di cui mi ero pasciuta, anima e corpo, per la mia breve vita.

Mi ero sdraiata su un fianco, volgendo le spalle alla strada e avevo perso i sensi.

Per questo non avevo sentito arrivare l'auto azzurra.

Quando ero rinvenuta, mi ero agitata scompostamente per alzarmi e avevo visto una ruota, molto, molto vicina, che mi aveva intimorita tantissimo, nonostante fosse ferma.

"Sono finita sotto un'auto" era stato il mio primo pensiero, ma poi avevo sentito quella voce umana dolce e compassionevole. "E' ancora vivo..." avevo udito dire da un uomo che mi aveva toccata con discrezione.

"Chissà se è stato colpito da qualche auto..." Aveva chiesto un secondo sollecitamente.

Quello che mi era accanto, mi aveva girata e aveva notato il mio collare costoso.

"Abbandonata l'avranno.... Come arriva un gatto così in autostrada, in un punto dove non ci sono case? Che bastardi... vorrei prenderne uno una volta..."

L'uomo con l'accento strano mi aveva presa in braccio ed era salito dal lato del passeggero.

Quando mi ero svegliata, come dicevo, mi ero trovata al commissariato di polizia, con tante persone che mi guardavano e che mi soccorrevano, tenendomi una pezza bagnata sulla testa e cercando di farmi scivolare acqua in bocca, con una piccola siringa.

"Allora Gavino, cosa ne facciamo, chiamiamo l'ASL?" Sentivo che chiedevano.

"Non sembra ferita, ma deve avere un colpo di caldo... a casa la porto, dal mio veterinario la porto... le pago io le cure e magari la adotto... mio figlio vorrebbe tanto un animale... non lo posso portare in vacanza quest'anno, povero bambino, sarebbe una maniera per distrarlo... non credo di infrangere la legge se mi porto via Laddy Autostrada... è t

miracolo che non sia finita investita..."

"No, agente Piras, non credo che nessuno avrà niente da ridire se te

prendi... starà meglio con te che in un gattile... portala a casa, pove

bestia, magari non è stata così sfortunata tutto sommato..."

Così ero stata adottata dal poliziotto sardo, che mi aveva trovata

che non si sarebbe certo mai potuto permettere un gatto come me.

Mi aveva portata a far parte della sua umile famiglia, nella sua modes

abitazione, al quarto piano di vecchio immobile, in un quartiere po

signorile.

Lì non avevo avuto pavimenti di marmo, chef a mia disposizio

e ceste di trine e merletti, ma "solo" un grande incommensurab

affetto, che mi aveva permesso di vivere da regina, fino alla veneran

età di diciotto anni.

XV Racconto

C'era una volta nell' anno 2007…

"La Fortuna aiuta gli audaci, anche se sono invisibili e si chiamano Miuvel"

"Gatta, gattina, la morte si avvicina, l'orrore ti rincorre, scappare non occorre,

l'orrore è ormai arrivato, l'orrore ti ha trovato, l'orrore è una belva, t'infratti nella melma, l'orrore ti circonda, t'infratti nella gomma, t'infratti disperata, gattina sei spacciata".

Mi presento, io sono Miuvel e vi dico di credermi: la Fortuna aiuta veramente gli audaci.

La mia avventura era iniziata un giorno di maggio in cui mi ero allontanata troppo dal mio territorio e, vagabondando in cerca d'avventura e di cibo, avevo costeggiato il fiume ed ero giunta ai margini dell'Augusta Urbe.

Lì, in uno spiazzo di cemento adibito a parcheggio di periferia e saltuariamente a ricovero per le carovane degli zingari, avevo incontrato quei giovinastri.

Era stato per puro caso che la mia strada aveva incrociato la loro, dacché gli uomini in questione non abitavano l'hinterland malfamato della città, non le case popolari, né arrivavano dalla baraccopoli poco distante, ma dai piani alti del centro elegante.

Come potevo dirlo? Perché anch'io arrivavo pressappoco dalla stessa zona e sapevo riconoscere uno scarpone anfibio di pelle pregiata e un giubbotto costoso.

Abitavo negli scantinati di un palazzo signorile, poco distante dalla stazione ferroviaria e vedevo tante tipologie di umani, da quelli stracciони intossicati dalle droghe, ai viaggiatori ordinati, ai professionisti che avevano gli uffici in centro, ai teppistelli bivaccanti nei viali, ai figli di papà che si davano arie da dandy, a quelli che erano tutti "spranghe e repulisti", proprio come quelli che avevo di fronte ora.

Erano bulli ricchi e le loro periodiche incursioni nella zona, erano appunto compiute al fine di incappare in qualche piccolo gruppo di nomadi e di perpetrare spedizioni punitive nei loro confronti, ma quel giorno avevano trovato solo me e si erano accontentati.

Da subito avevo capito di essere condannata...

Senza attendere di sapere le loro intenzione, mi ero immediatamente messa a correre, ma obnubilata dalla paura ero scappata nella direzione sbagliata e mi ero trovata in un cul de sac.

Il branco mi aveva rinchiusa fra la rete antisfondamento e il muro di copertoni abbandonati al lato della super-strada.

Niente buchi per nascondersi, niente alberi disponibili, nessun vicolo buio, nessun deus ex machina pronto a intervenire.

Avevo una sola possibilità di fuga: lanciarmi in mezzo alle auto nell'ora di punta e sperare che la Dea celeste allungasse la sua zampa benevola e mi trasportasse oltre lo sbarramento semovente, costituito dai veicoli in corsa.

Così avevo tentato una prima sortita, ma uno dei giovinastri che teneva al guinzaglio un molosso sbavante di rabbia, mi aveva impedito il passo.

Ero indietreggiata nell'angolo, soffiando il più animosamente possibile.

Avevo ragionato: cinque erano i tipacci, tre i cagnastri schiumanti.

Gli umani erano vestiti di nero, le teste rasate, i denti digrignati, come quelli dei loro sgherri a quattro zampe.

Portavano simboli di morte addosso, teschi, ossa incrociate e una specie di croce con le punte piegate tutte nello stesso verso, simile a quelle che molte volte avevo visto disegnate sui muri delle case del quartiere dove vivevo.

I cani erano lo specchio dei loro padroni: grandi, tarchiati, con molti lunghi denti e poco cervello.

Portavano collari spessi, di pelle scura ornata di grandi borchie a cono ed erano attaccati a guinzagli corti, fatti di catene d'acciaio.

Umani e cani avevano un aspetto agghiacciante di malvagità e spietatezza e mi chiedevo perché degli esseri apparentemente tanto potenti, rivolgessero la loro attenzione annientatrice a una povera "invisibile" come me.

Io non ero nessuno.

Non davo fastidio.

Non ero un pericolo, né fisico, né concettuale.

Non toglievo loro cibo, non respiravo l'aria alla loro altezza, né bevevo dalla stessa fonte.

Non ero nessuno, per esseri che si credevano tanto superiori da decidere la mia sorte.

Intanto che almanaccavo sul senso di quel momento, misuravo con lo sguardo i passi che mi separavano dalla mia unica possibilità di sopravvivenza: la superstrada.

Le gambe che si paravano fra me e l'asfalto erano tante e la paura me le faceva sembrare ancora più numerose.

Le bocche deformate da ghigni orrendi, emettevano suoni belluini:
< Muoviti! Dagli! Ammazzala! Ammazzala! Ammazzala!>

Sebbene non parlassi l'idioma umano, né quello canino, capivo perfettamente il senso di quelle parole.

Ero spacciata.

Fino a quel giorno, ero stata certa che ci fosse sempre qualcosa da fare in tutte le situazioni, anche le più perigliose.

Ad esempio, una volta ero entrata a curiosare nella cantina di Via delle Spole al 10 e vi ero rimasta chiusa tutta la notte e il giorno successivo, finché un uomo non era sceso a prendere del vino: era bastato aspettare pazientemente.

Un'altra volta, mi ero intrufolata al calduccio del motore di una Dodge ed ero rimasta intrappolata alla partenza: avevo fatto andata e ritorno, 30 km appollaiata su un tubo di gomma, sotto il grande cofano bollente, ma me l'ero cavata con un po' di equilibrio e di preghiere.

Un'altra ancora, ero rimasta chiusa in un bidone della spazzatura e per un pelo il netturbino si era accorto della mia presenza, evitando che finissi dentro la pressa del camion dei rifiuti e lì era stato merito "dell'uomo giusto al momento giusto".

Ogni volta mi ero detta "non preoccuparti, qualcosa farai: c'è sempre qualcosa da fare".

In questo frangente però era diverso: sentivo dentro, che era un tunnel senza uscita, quello dove ero finita quel giorno.

Chissà se la storia delle sette vite che ci attribuivano gli umani era vera.

Se fosse stato così, non avrei avuto da preoccuparmi, ma se fosse stato così, i gatti sarebbero stati davvero semi-immortali, cosa che non mi risultava.

Metà dei miei fratellini erano morti prima di compiere dieci mesi: dove avevano sprecato quelle sette vite? E mia madre?

Era sempre stata una gatta pigra, aveva vissuto nello stesso cortile per tutta la sua esistenza e la prima volta che aveva messo un piede fuori, bammm! Era stata investita da un'auto, per giunta quasi ferma. Dove aveva consumato le sue sette vite?

E mio cugino Benny? Lui si era addormentato su una pianta ed era caduto da un ramo, a poco più di due metri da terra.

Non aveva fatto in tempo a mettere innanzi le zampe, aveva picchiato il naso su una pietra ed era morto senza neanche accorgersene.

E io? Io ero abbastanza assennata, dove, di grazia, dove avevo speso le mie sette vite?

Comunque, almanaccare su dove le avevo buttate, non mi aiutava certo a uscire da quella situazione.

I ragazzi rasati temporeggiavano, fermi ridendo fra loro.

I tre che portavano i molossi erano alla mia destra e quello che si trovava in posizione più accentrata, allungava di tanto in tanto la catena del mostro, facendo una finta, poi di colpo la bloccava strattonando violentemente la gola dell'animale, che si infuriava ancora di più.

Improvvisamente mi era sovvenuto un colpo di genio: mi ero rimpiattata il più possibile contro la parete di copertoni, poi raccogliendo tutte le mie forze, ero saltata a quattro zampe contro una gomma, usandola da trampolino e mi ero lanciata verso uno di quelli senza cane, a unghie sfoderate e denti scoperti.

Avevo affondato artigli e canini nella sua coscia ed egli, impreparato a quel colpo a sorpresa, era balzato indietro urlando e spostandosi quel tanto che mi aveva permesso di fuggire.

Invece di schizzare in mezzo alla strada come avevo pensato, mi e
messa a galoppare a più non posso sul ciglio della corsia d'emergenza
correndo, correndo, mi ero allontanata parecchio.

Quando ero stata abbastanza sicura di aver seminato i m
persecutori, mi ero fermata a riprendere fiato.

Al passo poi ero tornata al mio cortile, da cui non ero mai più uscita.

Mi ero goduta il sole di maggio, il profumo della primavera, ave
ascoltato il canto soave degli uccelli e quello metallico dei motori e tut
mi era parso un dono della Dea.

Avevo rammentato a lungo quel maggio del 2007 e ne avevo raccontat
agli altri gatti un po' per vanto, ai micetti nati nel quartiere per moni
ai piccioni tubanti e frenetici e ai topi che avevo incontrato, finché
morte mi aveva colta beatamente nel sonno, dopo molti e molti anni.

XVI Racconto

C'era una volta nell' anno 2012…

"Il gatto nel carrello e la mala fortuna"

Su di noi gatti dicono un sacco di cose false, tipo che abbiamo sette vite o che, quando moriamo andiamo a nasconderci: io ho avuto una vita sola, questa e pure breve.

Per quanto riguarda la morte, sto morendo e sono qui davanti a Lei e la guardo negli occhi e Lei guarda me e piange di un pianto a dirotto, il suo petto, su cui tante volte ho poggiato la testa, squassato dai singhiozzi.

Ah! Quanto soffro a vederla in questo stato…

Si comporta come se stesse perdendo un pezzo di anima, ma io sono consapevole di essere solo un gatto.

E' proprio vero: "Il cuore umano è come la gomma: pochissimo basta a gonfiarlo e moltissimo non riesce a farlo scoppiare. Se poco più che nulla lo turba, ci vuole poco meno che tutto per spezzarlo."

Allungo una zampa e la tocco per riportarla a me: "Anima mia, abbiamo poco tempo per dirci tutto e non basterebbe una vita per concludere gli argomenti…" Le rammento.

Lei si ricompone e mi carezza la testa, io resto immobile al suo tocco d'amore e tutta la vita mi passa davanti.

Sono nato nel paese della cuccagna, un posto dove il cibo di ogni genere e marca è ovunque, basta guardarsi intorno, avere fame e allungare una zampa.

Mia madre era poco più che una gattina, quando aveva incontrato il bullo del quartiere che le aveva fatto girare la testa e voilà due mesi dopo, sola e inesperta si era ritrovata alle prese con quattro bocche voraci da sfamare e poco latte.

Ma andiamo per gradi: figlia a sua volta di una gatta da strada, aveva avuto la stessa miserabile sorte d'infanzia negata ma, nonostante la tenera età, era stata coraggiosa e saggia, aveva seguito l'istinto e si era scelta un rifugio sicuro per partorire.

Aveva trovato aperta la porta del magazzino di un supermercato e vi si era intrufolata dentro, per non uscirne più fino al momento che vi racconterò.

Il primo rumore che ricordo nitido e pauroso è stato quello delle ruote di un "roll" carico di alimentari, che correva spinto da un uomo dai pesanti stivali, per il deposito alimentare dove ero nato.

Non so quanti giorni avevo quando sono riuscito a distinguere per la prima volta, il ruotare dei cuscinetti sul pavimento di grezza ceramica, sicuramente non avevo gli occhi aperti o se li avevo non vedevo ancora.

Ricordo solo il fragore delle merci spostate e il calore rassicurante del pelo dei miei fratellini e di mia madre, sparuta e rimpiattata sotto la pedana di una pressa per cartoni in disuso.

La mia prima infanzia è passata così, con lei che ci raccomandava continuamente di non emettere suoni e di non muoverci mai dal nostro nascondiglio, in attesa del suo ritorno dalle scorribande gastronomiche.

Ricordo come fosse ieri, la prima volta che ci aveva portato del cibo solido da mettere sotto i denti.

Aspettava che fosse ora di chiusura, quando il personale del magazzino era ormai poco e in macelleria c'era un grande andirivieni, per spostare la carne dal bancone alla cella frigorifera dove veniva riposta alla sera, dopo esser stata tutto il giorno alla mercé della scelta dei clienti.

Quello era il momento migliore per arraffare di nascosto qualcosa, perché il tempo dei banconisti era poco, la fretta e la disattenzione molta. Così lei cacciava in quegli attimi fuggenti, pezzi che bastassero per tutti e per tutto il giorno successivo.

A volte arrivava con una succulenta punta di vitello o con una lingua di bue, con un arrosto già avvoltolato nel filo e pronto per essere infornato, con un trancio intero di arista di maiale o con un polletto, tutte prede molto più pesanti di lei.

Mia madre era piccola, ma molto forte: poteva arraffare grandi pezzi di carne, trascinandoli velocemente per percorsi prestabiliti, sotto gli scaffali, fino ad arrivare al nostro rifugio nel retro del magazzino senza farsi scoprire.

A volte variava menù e decideva di razzolare per i lidi della salumeria. Lì si poteva arrivare indisturbati anche di notte, perché il banco frigo non veniva vuotato del tutto ad ogni fine giornata. Venivano lasciati certi formaggi e certi insaccati e l'unico contrattempo era che, il più delle volte, erano confezionati in involucri di plastica o di carta e si aveva l'incomodo di doverli scartare per poterli mangiare.

Qualche volta poi ci portava delle cose che gli uomini chiamano dolci, ma questo avveniva di rado, perché lei era contraria a quel tipo di alimentazione.

Diceva sempre che erano buoni, ma a noi facevano male: era roba fatta per gli uomini che devono metabolizzare zuccheri per stare continuamente in movimento.

Questa era la nostra vita: una vita comoda ma priva di libertà. Quando eravamo cresciuti abbastanza, aveva iniziato a portarci fuori con lei nelle sue scorribande notturne e allora il supermercato era diventato il nostro immenso parco giochi, con quei suoi corridoi interminabili e gli scaffali che dicevano "saltami sopra".

Più che mangiare correvamo e sfogavamo tutta l'energia repressa della giornata passata rimpiattati sotto la pressa rotta. Lei ci raccomandava di non far cadere nulla, in modo che gli umani non si accorgessero della nostra presenza e noi seguivamo sempre il suo consiglio, ma le nostre escursioni là fuori, divenivano sempre più spericolate e lunghe nel tempo, tanto che al sorgere dell'aurora, un giorno, non eravamo tornati in tempo al nostro rifugio ed erano arrivati gli uomini.

Il primo che ci aveva scoperto in giro alle sei di mattina, era stato il Vicedirettore del supermarket insieme a un'impiegata. La cosa curiosa era che, invece di rincorrerci, ci avevano lasciato andare.

Ben consapevoli che fossimo fuggiti nel retro del magazzino non erano venuti a cercarci ma, la sera successiva, avevano sbarrato la porta, lasciandoci due contenitori di plastica con acqua da bere e abbondante cibo, fatto di ritagli di carne e di salumi per mangiare.

Da quella volta il nostro tran-tran era cambiato.

Sebbene gli uomini limitassero i nostri spostamenti all'interno dell'emporio, nessuno ci aveva dato fastidio, anzi ci avevano nutrito costantemente, senza più costringere mia madre a rischiare per portare a casa un pezzo di carne rubato alla macelleria.

Eravamo andati avanti con questa vita placida per mesi, finché anche gli uomini che ci avevano adottati erano stati scoperti dal loro capobranco ιe chiamavano Direttore.

llora avevano dovuto disfarsi della nostra famiglia: noi piccoli eravamo
ati i primi a essere catturati e poco dopo anche nostra madre era
ιduta in trappola.

:avamo stati chiusi in una grande scatola di cartone e consegnati
un autista di quelli che guidano i camion della raccolta dei rifiuti,
erché ci lasciasse in un posto chiamato "gattile", visto che la sua
zienda era nelle sue vicinanze. L'uomo ci aveva caricati sul camion ed
·avamo partiti per un breve viaggio.

rrivati a destinazione, l'autista ci aveva scaricati con cautela e aveva
ιiamato dei suoi colleghi per mostrargli l'insolito carico. Gli uomini si
·ano avvicendati a buttar un occhio oltre i buchi del cartone, fatti per
sciarci correre un po' d'aria e ci avevano osservati, parlottando fra loro
ιl da farsi.

vevamo sentito alcuni di loro dire che la nostra mamma era molto
ella e che noi eravamo teneri e che era un peccato rinchiuderci così
ιccoli nelle gabbie del "gattile" e dopo molti discorsi avevamo capito
ιe uno degli umani aveva deciso di adottarci tutti.

:avamo stati ricaricati su un mezzo di trasporto, questa volta più
ιccolo del camion dei rifiuti e, dopo qualche ora, eravamo ripartiti per
ι altro viaggio, questa volta più lungo.

iunti alla nostra nuova dimora, la femmina di uomo che ci aveva
ɔluti con sé, ci aveva portati in una stanza chiusa e aveva aperto lo
:atolone.

i aveva parlato con gentilezza e ci aveva subito offerto del cibo,
ell'acqua fresca e una cassetta per i bisogni.

ʿoi piccoli, diffidenti e impauriti, non avevamo accettato nulla all'inizio, ma con l'andar del tempo e spinti dai morsi della fame, ci eravamo arresi: mai in sua presenza, ma avevamo iniziato a mangiare ed educatamente a usare i servizi per i nostri bisogni.

Mamma non aveva voluto sentir ragioni invece e si era ridotta più pelle e ossa di quanto già non fosse per costituzione.

Aveva aspettato e aspettato, poi giunto il momento opportuno, alla prima disattenzione dell'umana, era fuggita, abbandonandoci al nostro destino.

Non l'avevamo più rivista.

Con la partenza di lei, era stato quasi automatico cercar rifugio e consolazione presso quell'essere vivente che, seppur così diverso, bipede e spelacchiato, mostrava però di occuparsi di noi come un'altra madre.

Poco per volta avevamo fatto amicizia con Clara, questo il suo nome, l'avevamo avvicinata, avevamo goduto delle sue coccole e lei, ormai sicura del nostro ambientamento, ci aveva lasciato uscire, procurandoci un rifugio asciutto, pulito e caldo cui potevamo accedere a nostro piacimento.

La nostra era stata una vera fortuna: liberi, pasciuti e coccolati trascorrevamo placidamente la nostra esistenza in quella casa di campagna che era anche il regno di molti altri animali, altrettanto fortunati.

A me era andata meglio che agli altri, in verità.

Clara mi era piaciuta da subito ed ero stato il primo ad avvicinarm e a permetterle di toccarmi.

Le avevo fatto le fusa e mi ero lasciato prendere in braccio e lei mi aveva fatto entrare nella sua casa, accordandomi di usare il suo divano e d stare molte ore in sua compagnia.

Avevo fatto amicizia con i gatti che già ci abitavano fissi e alla fine ero diventato fisso anch'io.

Avevo passato un paio d'anni da re, finché non mi ero ammalato. A quel punto era iniziato il calvario di estenuanti cure e visite dal veterinario, di sofferenze e tristezza per tutti.

Così siamo arrivati a oggi, il giorno della mia morte.

Lei non mi dice nulla, ma io leggo nei suoi pensieri e sul suo viso gonfio dal pianto, cosa sta per succedermi.

So che non c'è scelta e, in fondo, sono io a chiederle di non farmi più soffrire.

Non cammino più e mi sporco con le mie deiezioni: lei mi tiene costantemente pulito, mi lava come faceva mia mamma quando avevo ancora gli occhi chiusi e mi imbocca con un piccolo cucchiaio.

Compra pesce di prima qualità e filetto di vitello, scatolette di macinato super vitaminizzato, cerca di convincermi con ogni mezzo a mangiare e io sbocconcello qualcosa solo per farle piacere, ma entrambi sappiamo che non c'è leccornia che possa rimettermi in forze, né salvarmi la vita.

Ho la F.I.P. e sono condannato.

Sono sopravvissuto dieci mesi, ma ora non ho più un'esistenza dignitosa e, per il bene che ci siamo voluti, le chiedo e mi concede una fine rapida, che non mi costringa a un'agonia di stenti.

Lei prepara il trasportino e io l'attendo coricato sulla seggiola da ufficio imbottita del suo studio.

Quando tutto è pronto mi si avvicina, si inginocchia e fra le lacrime mi parla, cerca di tranquillizzarmi, mi dà il suo addio.

Restiamo da soli per un quarto d'ora a guardarci negli occhi, a riveder tutta la vita come in un film, poi Clara si alza, mi prende in braccio e mi adagia sul morbido cuscino della gabbietta dove ho viaggiato per tante volte negli ultimi tempi da casa, al veterinario, poi di nuovo a casa.

Questa volta non ci sarà un "di nuovo a casa", però.

Neppure le mie povere spoglie torneranno qui, nel nostro paradiso terrestre, per essere sepolte nel suo cimitero dei gatti.

Io sono infettivo e pericoloso per tutti.

Clara chiude lo sportellino e mi tocca da fuori una zampa per l'ultima volta.

Ora sono qui con un ago infilato in quella stessa zampa e non sento più niente se non il suo tocco leggero e disperato: l'ultimo tocco dell'amore.

Epilogo

"Breve trattatello di un gatto sull'amore e sull'uomo"

Io sono il gatto.

Il gatto adorato dagli Egizi, ignorato dai Romani, arso vivo dai Cristiani, reso figlio dagli Occidentali moderni…

Io sono il gatto.

L'essere misterioso, non compreso, denigrato, troppo amato; sono la creatura competitrice del predatore umano, salvatrice dei mancati genitori, utile nei granai e nei sabba, placido consolatore dei vecchi, insofferente compagno dei bambini… Tante sono le mie forme e i miei colori, tante le mie razze e i miei attributi, unica la grandezza del mio spirito libero.

I maschi dell'uomo non mi amano quasi mai, ma quando capita, lo fanno in maniera totalizzante; le femmine dell'uomo mi amano sempre, perché si rispecchiano in me e a me rimettono la loro vaghezza di secolare libertà tradita, la loro passione per il mistero della vita, la voluttà rumorosa in amore, la gaia assenza di regole, la sovrana scorrettezza politica.

E io? Ah! Odi et amo, genere umano!

La nostra è una storia reciproca di violenta concupiscenza millenaria e di profonda, univoca ignoranza bipede nei miei confronti.

Gli uomini cercano nel cane, quel miglior amico che non trovano fra i componenti della loro specie e contribuiscono a consumare lo stesso malinteso interpretativo da millenni.

Cani, uomini, lupi, tutti hanno la stessa impostazione sociale: un branco, un capo forte, dei giovani pretendenti alla successione, delle femmine da spartirsi, della progenie da selezionare e mantenere, per concorrere ad alimentare il cerchio della vita.

Possono queste specie andare d'amicizia e d'accordo, quando uno dei predatori cerca continuamente di prevaricare l'altro? Non è forse che il cane serve e ama l'uomo, solo quando lo riconosce come capo-branco, lo teme e lo rispetta per questo?

Se così non è, infatti, il cane non ubbidisce, non esegue gli ordini, spesso scappa, nella peggiore delle ipotesi si rivolta contro la mano che lo nutre, attaccando anche i soggetti deboli della specie bipede, che si ritiene erroneamente dominante a prescindere.

Ecco, dunque, cani che sbranano bambini e vecchi, che entrano nei pollai e fanno stragi, che fattisi randagi, tornano lupi e decimano le greggi.

Questo! Questo è il miglior amico dell'uomo! Un servo, fedele finché teme il padrone.

Quale abissale differenza, l'amore felino!

Intanto non esiste gatto che si possa considerare proprietà dell'uomo, né che s'intrattenga con quest'ultimo per timore reverenziale, anzi: più il gatto teme l'uomo, meno ne risulta attratto.

Non sarà mai che un gatto stia presso l'abitazione di un bipede per via del cibo o degli agi che gli vengono elargiti: il gatto non chiede, prende, ma soprattutto non dipende, è autosufficiente e auto determinativo.

L'amore del gatto non si conquista facilmente, ne mai potrete dire "è scoppiato il colpo di fulmine con il mio gatto".

Noi siamo preziosi, come le idee filosofiche: vi ci avvicinate, vi ci soffermate, vi ci adoperate, le sviluppate in maniera complessa, a volte sofferta, ma alla fine sbocciano prepotenti e ne uscite migliori, arricchiti, cresciuti.

Questo è il rapporto con il gatto: un'idea filosofica.

È un canto poetico, un insieme di complicati ceselli diplomatici, di velate armonie sentimentali, di leggeri tocchi di pennello, di carezze nascoste, di parole sussurrate, è una fede mistica o un'arte profonda.

A noi non importa quale sia la vostra casa, il vostro ceto sociale, la qualità del cibo che ci offrite, ma la vostra lealtà, la dedizione assoluta, il vostro senso del silenzio, la vostra capacità onesta di amare in maniera disinteressata.

Noi non vi promettiamo nulla e pretendiamo molto: il patto d'amore che si stipula con un gatto, è monopolizzante e per sempre.

Siamo difficili come le geometrie celesti, incostanti come certi atomi, circospetti come i sopravvissuti di un lager.

Siamo l'imbrunire che si tinge di tenebra, il disco solare sul suo carro dorato, siamo il tutto e il niente, l'incommensurabile e l'esiguo.

Quando un gatto diviene amico di un uomo, tutte le prospettive cambiano: voi non siete più da soli, noi vi dispensiamo il respiro della terra.

A volte si dice che l'uomo che ama un gatto ne diviene schiavo, ma questa è una grande menzogna, uscita dalla bocca di chi ha ben radicato e intrinseco il concetto di riduzione in schiavitù di altri esseri viventi.

Noi non prevarichiamo nessuno, ma ne diventiamo pari. L'amore felino è essere liberi, è considerarsi allo stesso livello, uguali fra gli uguali.

L'amore felino ha qualcosa di comunista. Ma
l'amore felino non è solo questo.

E' quando non state bene, il sentimento che ci spinge a restarvi accanto sul giaciglio dell'infermità; è la nostra capacità di discrezione e d'incanto; è la perizia con cui cacciamo per portarvi a casa la preda; è la pazienza con cui vi aspettiamo nelle lunghe ore della vostra assenza; è l'allegria con cui facciamo i pagliacci, per strapparvi un sorriso; è la dolcezza con cui ci strusciamo alle vostre gambe e la felicità con cui vi facciamo le fusa; è il coraggio con cui affrontiamo la vita al vostro fianco; è il pianto antico della vostra disperazione alla nostra morte o la determinazione con cui ci lasciamo andare se abbandonate.

Ecco, questo è semplicemente l'amore di un gatto.

FINE

Annalinda Ricci Barbieri

Mail: alinda.ricci.1969@gmail.com

Sono nata ad Alessandria, l'11 dicembre del 1969, ma le mie origini sono astigiane.

Ho conseguito la Maturità Classica nel 1988, successivamente ho frequentato la Facoltà di Lettere a indirizzo storico, presso l'Università degli Studi di Torino e adesso, a 54 anni sto per laurearmi in Lettere Moderne presso l'Università degli Studi del Piemonte Orientale.

Nel 2007 ho pubblicato un romanzo intitolato "Se Alessandro avesse avuto le staffe", con la Casa Editrice Il Filo.

Sono ambientalista convinta, impegnata, studiosa, sportiva e "combattente" in quanto ammalata da molti anni di Fibromialgia.

Printed in Great Britain
by Amazon

32453428R00076